鲍尔吉·原野

鲍尔吉·原野　著

为世上的美
准备足够的眼泪

浙江文藝出版社
Zhejiang Literature & Art Publishing House

图书在版编目(CIP)数据

鲍尔吉·原野：为世上的美准备足够的眼泪 / 鲍
尔吉·原野著. —杭州：浙江文艺出版社，2024.6
ISBN 978-7-5339-7536-4

Ⅰ.①鲍…　Ⅱ.①鲍…　Ⅲ.①散文集—中国—当
代　Ⅳ.①I267

中国国家版本馆CIP数据核字(2024)第054024号

统　　筹　王晓乐　　　　　封面设计　广　岛
责任编辑　邓东山　许龚燕　封面插画　Stano
责任校对　朱　立　　　　　营销编辑　张恩惠
责任印制　吴春娟　　　　　数字编辑　姜梦冉　诸婧琦

鲍尔吉·原野：为世上的美准备足够的眼泪

鲍尔吉·原野　著

出版发行　浙江文艺出版社
地　　址　杭州市环城北路177号
邮　　编　310003
电　　话　0571-85176953(总编办)
　　　　　0571-85152727(市场部)
制　　版　杭州天一图文制作有限公司
印　　刷　杭州富春印务有限公司
开　　本　880毫米×1230毫米　1/32
字　　数　138千字
印　　张　7.875
插　　页　2
版　　次　2024年6月第1版
印　　次　2024年6月第1次印刷
书　　号　ISBN 978-7-5339-7536-4
定　　价　39.80元

出版说明

　　自五四新文化运动以来，中国文学面目一新。在中西方文化的碰撞与融合中，小说、诗歌、戏剧等文学形式完成蜕变与新生，而散文以其自由自在的天性，踵事增华，其成果蔚为大观。

　　郁达夫认为，较之古代的"文"，现代中国散文有三点特异之处，即"'个人'的发见""内容范围的扩大""人性，社会性，与大自然的调和"（《中国新文学大系·散文二集·导言》）。散文家们兼收并蓄，将万事万物融于一心，"以我手写我口"，取径不同，或叙事、抒情、议论，或写人、描景、状物；风格各异，或蕴藉、洗练、飞扬，或磅礴、绮丽、缜密。就应用而言，以学识、阅历、心境为核心的小品文，以小见大，言近旨远，张扬个人性情；以观察、讽刺、同情为底色的杂文，见微知著，刚柔相济，召唤战斗精神……种种流派，非止一端。

　　为了给当代读者提供一套选目得当、编校精良的散文选本，我们推出"名家散文"系列，从灿若星辰的中国现代散文家中遴选出一批作者，精选其散文创作中的经典作品，结集成册，以飨读者，或可视作对百年现代中国散文的一次阶段性回顾与总结。我们相信，尽管这些作品产生的背景千差万别，但其呈现的智识与感性、追求与希冀，是跨越时空而能与读者共鸣的。我们也相信，经典之所以为经典，因其经得起时间的汰洗，这里的文章，初读，是迎面撞上万千世界，吉光片羽，亦足珍惜；再读，则是与无数智者的重逢，向内发现自己，向外发现众生。

文学的历史同时也是一部语言文字的历史，而汉语的标准化也随着时间的推移不断地演变、更新。五四白话文运动以来，文学语言流动而多变，呈现出丰富和复杂的样貌。文字、词汇、语法的繁芜丛杂背后，是思想文化的多元与活跃，也是作家不同审美取向和个人风格的展现。因此，我们在编辑过程中尽量尊重文章原刊或初版时的面貌，使读者能够感受到语言的时代特色，比如"的""地""底"共存的现象。同时，考虑到读者尤其是学生的阅读需求，我们按当下的规范做了有限度的修订。

编辑出版工作中难免存在不足之处，热忱欢迎广大读者批评指正。

浙江文艺出版社

目 录

白桦树上的诗篇

父亲的战马

字在纸上长成青草

每个人理应赞美一次大地

白桦树上的
诗篇

我听他们说话，

像是为我而说的。

凹地的青草

春凌水漫过的丘陵地，冒出浅青草。春凌实为春天的洪水，带着冰碴，也带肥黑的土。土把这片丘陵地的沙子踩在脚底下，土好像自己身上带着草籽，在无人察觉间悄悄冒出芽。凹处的草芽尤其多，长得高。草像埋伏的士兵，等待初夏冲出去和草原的大部队会合。

我在河坝上走，看远处走过来一个羊倌。羊倌肩上背半袋粮食，肋下抱一个旧电视机，几只羊跟在他身后。我弄不清他到底在干什么，是领着羊上公社开会，还是拿旧电视机换羊。

三只大羊紧跟着羊倌，脸快贴到他裤子上了。羊好像身在城里的大街上，怕走丢了。从大坝上远望，漫一层河泥的丘陵连接天际，青草像被风吹去浮土露出的绿玉。

唯一的小羊羔跟在大羊后面边走边嗅才钻出地皮的青草，似乎检查它们到底是不是一块玉。我觉得羊羔是牧区最可爱的动物。如果让我评选人间的天使，梅花鹿算一位，蜜蜂算一位，羊羔也算一位。羊羔比狗更天真，像花朵一样安静。它的毛发卷曲，像莫扎特童年弹钢琴时所戴的假发。

羊羔嗅一嗅青草，跑开，去嗅另一片草。

草和草有不同的气味吗？人不明白的事情其实很多。青草在羊羔的嗅觉里会不会有白糖的气息、蜜橘的气息、母羊羊水的气息？不一样。羊羔不饿，它像儿童一样寻找美，找比青草更美的花。露珠喜欢花，蜜蜂喜欢花，云用飞快的影子抚摸草原上的花。纽扣大的花在羊羔的视野里有碗那么大，花的碗质地比纸柔润，比瓷芳香。花蕊是细肢的美人高举小伞。

早春的花还没有开，草原五月才有花。花一开就收不住了，像老天爷装花的口袋漏了，撒得遍地都是。一朵花在夜里偷着又生了十朵花。五月到六月，草原每天都多出几万朵花。鲜花你追我赶，超过流水。五月是羊羔最欢愉的时光。

小羊羔干净得跟牧区的环境不协调。羊羔站在牧人屋里泥土的地面上，仿佛在等人给它铺一块织着波斯图案的地毯。以羊羔的洁白，给它做一顶轿子也不为过。

大羊走远了，凹地的羊羔还在低头看，好像读到了一本童话书，写蚂蚁和蚯蚓的故事。大羊跟在羊倌后面跑，像怕羊倌把电视机送给别人。羊倌走过来。他裤脚用鞋带系着，戴一顶滑稽的绒线帽子。我问：哪个村的？他回答：呼伦胡硕村。我问：扛着电视机放羊啊？他答：从亲戚家搬个旧的，安到羊圈里，让羊看看电视剧。

牧区常有像他这样幽默的人。

白桦树上的诗篇

穆格敦是我在图瓦认识的猎人，他自称是诗人。他灰胡子灰眼睛，说话时眼睛看着你的一切动作，好像你是随时可以飞出笼子的小鸟儿。

穆格敦会说十分流利的蒙古话，他说是小时候背诵蒙古史诗《江格尔》时学会的，用词文雅体面。

他住的房子是用粗大的松木横着垛成的，在中国东北，这种房子叫"木刻楞"。

他说："你是作家，我是诗人。我们两个相会，像天上的星星走到一起握手一样让人感动。你会跟我学到许多珍贵的学问。"

"是的。"我回答。

"唉!"他叹口气,"我要让你看一样东西,一首诗篇,它的题目叫'命运'。"

穆格敦从木床下面拎出一只桦树皮做的箱子,放在桌子上,刚要打开却停下来,走到窗边,指着远处一棵树说:"就是它。"

"它也是诗人吗?"我问。

"你的问话很愚蠢,但我原谅你。它是一棵树,这个桦树皮包里装着它的子孙的命运。"

那是一棵白桦树,独自长在高处,周围没有其他树,地上开着粉红色的干枝梅。

"回头。"他说着,打开了箱子。箱子里装满了金黄的桦树叶,上面写着字。

"每片叶子上都写上了字,是我作的诗。"

我等他说下去。

"你为什么不问后来呢?"穆格敦说。

我问他:"你在桦树叶子上写满了诗,后来呢?"

"这些诗是用岩山羊的血写上去的,一百年也不会褪色。你知道我写这些诗多不容易?"

"创作是艰难的。"

"不对,我越看你越不像个作家。创作很容易,创作诗最容易,比吃蔓越橘果实还容易。"

"后来呢?"我问。

"那时候,这些叶子还长在树上。我不能为了方便我写诗就让它们掉下来。我搬了梯子,在每一片叶子上写满了诗句,我的腿站肿了,胳膊比酸浆果还要酸。"

我仿佛看到金黄的桦树叶在枝头飞舞的场景。我问:"你为什么这样做?"

穆格敦很高兴我这样问他,说古代的诗人都这样。他左手握一把干枯的树叶,右手拿出一片,念:"德行就是你把喝进嘴里的酒运到身体里的各个地方。"

他抬眼看我。"好诗。"我说。

他念:

"羚羊的气味在岩石上留下花纹。"

"野果因为前生的事情而脸红。"

"人心里的诚实,好像海边的盐。"

"都是好诗。"我说。

他瞟了我一眼:"叶子背面还有字呢,这个——'下雪前一日,在三棵榆树的脚下,离家一公里'。这个——'已经穿皮袄了,独贵龙山顶的石缝里'。"

原来,穆格敦在白桦树的每片叶子上写诗做了记号,秋天至,风把这些叶子吹走后,他走遍大地一一找回来。他在找回来的树叶的背面再写上地点和气候。

我不得不说他是一个真正的诗人。

"你为树叶找回它们的孩子，找回来后，用树叶在树干上蹭一蹭，它知道它回家了。"

"在霜降的大地上，你眼睛盯着草地，当你发现一片有字的桦树叶时，就知道那是我写的诗，是我要找的叶子。"

"有一片叶子飘进了水里，我游过去，十月份，水已经很凉了。但它不是我找的树叶，是楸树的树叶，但我也把它带上了岸。"

"最远的地方离这棵树有五公里，我不知道树叶带着我写的诗怎么会走了这么远的路。"

"可能有一些树叶被鹿吃掉了，有一些埋在雪里已经腐烂，我还在找它们。"

"你题诗的叶子一共多少片？"我问。

"九百八十九片，我找到了二百六十一片。"穆格敦笑着说，"如果在我死亡之前能找到七百片树叶，已经很不错了。"

海拉尔棉鞋

白雪覆盖苏联红军纪念塔顶的坦克，使它像一辆真坦克，抬高炮管翻越一个弹坑。这时，一块雪从坦克上滑下，积累不住，在空中分散，落在黑湿的水泥红砖上。

我在南站的胡同寻找一种棉鞋，高腰黑条绒面，两层毡垫扎在一起当底儿，叫"正宗海拉尔"棉鞋，胡同卖鞋垫的人卖。暖气不好的时候，在屋里穿。

朝鲜冷面店门口摆几个烤肉的铁皮炉子，一人蹲着，捏一把用过的方便筷子生火。专卖店的小姑娘穿店服，并拢双脚鼓掌，说："随便看一看啦！"橱窗的黑塑模特穿毛衣，搭一条围巾。长途车拐进来停下，旅客用犹疑的眼神看东看西。这种眼神对狗来说就是它们的鼻子。行人有穿连体雨裤的，沾着下水道的污泥。有人把头埋在风衣的怀里打手机。两个女人穿一样的衣服，似降价买的。一女子穿薄袜，短裙束腰短大衣，在雪溅黑泥的路面走过，像幸福生活楷模。她上身挺直，腰也未动，屁股两边扭，往左扭的幅度大一点，左脚着地重。

"Qi ha xa ye ben jian?"

我在人群中听到了这句话，蒙古话直译：你走向哪个方向？即，你上哪儿？往哪儿走？

我用目光捉住了说话的人——民工，头发耸立，鼻梁上一块创可贴。对方也是民工，回答：

"Ge ri ten he ri ya。"（回家。）

这两句蒙古语让我怔住了。我是说，它使我忘记了自己在哪里，在做什么。像车辙蜿蜒的乡路上有一粒红豆；像森林一棵树的杈丫上放着一封信；像身处异乡有人喊你的名字；像被河水冲走的衣裳又漂了回来。

"Ge ri ten ya men ri ji ri ge?"（家里怎样情形?）

"Ho sai han。"（均好。）

我听他们说话，像是为我而说的。蒙古语的发音，特别是牧民的话，翔实亲切，每个词后面藏着一样可见的东西，比如铁锅、马鞍子、炕沿、拴马桩、装红糖的铁罐、羊五叉、银扳指、鞋和反射酒瓶子倒影的亮漆的红箱子。

蒙古语把它们擦亮，或者说，它们是雨水，让蒙古语长出新绿的叶子。

鼻子上有创可贴的民工脸宽，嘴大到恰好，说他始终在笑也行。另一个民工用手指捏肩膀垂下的系行李的带子。他们脸红，颧骨的皮很薄，像容易被风吹破，从头到脚的衣服已有城里人的意思，或者说是城市垃圾衣服的拼凑，他们眼里有牧人的单纯。

蒙古人要说的话不多，换句话说，蒙古人放马、种庄稼的生活没有催化更多的话语。一些蒙古语是说给牲口的。你看，一个牧民出屋，把鞍子备在马上，饮马，从窗台抓一把烟叶放进兜里。当他让马抬蹄穿过缰绳时，说："嘚！"马抬蹄。牧人上马走远了。牧人和牧人见面时，问："今年草场怎么样？"那人眼睛看着草场，答："还可以。"问的人也看草场。在牧区，许多事情不用问，也不用回答。"你的马好吗？"马就在那里，自己看吧。"你的孩子好吗？"孩子正拽牛犊的尾巴奔跑。天气、雨水、玉米的长势怎么样？看吧。

在牧区没有什么看不到的东西。问询在牧区成为礼貌，语气很轻，像吐出的烟雾一样缓缓缭绕。

我加入不了他们的谈话。我能问他们庄稼的事情吗？蒙古语的词汇那么轻快地在他们口唇间舞蹈，如春水带走片片桃花，他们真挥霍。在沈阳，我听到的每一句蒙古语都很珍贵，他们连贯的对话，在我心里像一次多米诺骨牌比赛，这一排塌过去，又塌过来，折折叠叠。他们又说"车票、玉米、被子"，这些东西在我眼前顺序出现。

他们分手，一个往南站，一个往桂林街，埋在人流里。他们怎么走了呢？把我独自剩在这里。说蒙古语的人走了，我身后传来强劲的歌声。回头看，等离子电视正在播放MTV"日韩疯"，人物表演卡通动作。歌声骤停，电贝斯缭绕，一人用手指蹭密纹唱片，手击鼓响，裤带从他腰间悬下。

雪闭幕，路面欲结冰，有一些亮光，还没冻成。街上的人比刚才多，商铺灯光搅拌半稠的暮色。我来做什么？忘了。最近我的记忆力糟透了。简单说，是记忆下达搜索的指令后找不到目标。不是记忆没存盘，是目录乱了，需要重建，或者神经递质（传递素）的化学性质不达标。譬如书上说一九四〇年马三立在天津宝和轩茶社的搭档是耿宝林，但怎么想也想不起来。

回家吧，我还记得回家。公交车上接一个朋友的电话，他姓海，回族，演过武生。我想起到南站是买"海拉尔"棉鞋，竟把这事忘了。

后退的月亮

在乌兰扎德噶,我中止了早上跑步的习惯。所谓草原并不平坦,草下面的地势深浅摸不准,容易崴脚。跑步招狗叫。狗只见过牧区的马跑,没见过人跑,它急躁地告诫你停下来。第三是我回答不出牧民兄弟的提问:你跑什么?什么东西丢了?我不好意思说这是锻炼身体。他会问:身体还用锻炼吗?干活就行了嘛。我告诉公社的厨师,我跑步是跟美国总统布什学的,他六十多岁还在跑步,很坚强。厨师回答我,你说的这个总统我听说过,他吃饼干噎昏过去了,霍日嗨(可怜哪),他的精神不正常。

为了保持精神正常,我改为晚上散步。沿西拉木伦河岸往东边走,月亮刚好从宝格达山顶上升起来,把路照得清清白白。

山上的月亮，称之为白嫩也是可以的。它别无所依地停在海底一般深蓝的夜空，好像拿不准要不要继续向上升。不升是对的，月亮现时的角度恰好俯瞰西拉木伦河在夜色里的清明。河如静止，与月对望。河上漂过一片叶子，把水中的月亮从中间划开。月亮摇荡几下复原，比刚才更白。

河水在远处分为两岔，铺开犄角似的银白光带。河水浅处，微凸搓衣板似的网，拦截水里的碎银子。鱼从河面跳出来，"啪哧"一声，传得很远。同伴吉雅泰告诉我，鱼打架。我听了疑惑，鱼还打架？黑天还在打？同伴说，鱼最不是东西，特别是草鱼，爱捣乱。我说，那就把草鱼全都抓起来吧。吉雅泰笑了，他是分管政法的副苏木达（副乡长），说派出所里没有网。

夜鸟从灌木中惊醒。它们有夜盲症，没飞多远又落下，嘎嘎叫，明显在抱怨。月光照亮了沙地的蜥蜴，它哧溜哧溜地爬，扭着尾巴。我特想踩住它的尾巴。小时候，我跟父母住五七干校，祸害过它的尾巴。这种不文明行为源于一个传说，说蜥蜴掉了尾巴自己能安上。

好看的是草叶上的露水。草在后半夜才结露水，透明的露珠在月光下变得莹白。远看，草披挂周身珠宝，摇摇欲坠。这哪是草？每一株都是君王，琳琅锦绣。

我跟吉雅泰走了很远的路，却见月亮一步步向后退。人往前走，月亮向后撤。你停下，它也站住脚。我们绕过宝格达山，月亮退到了沙金山顶上。月亮怕人啊，吉雅泰说。

　　走牧区的夜路，没有什么可怕的事情发生。坏人都在城里面，这里只有纯朴的、已经睡觉的牧民。大自然也睡了，留下月亮看守天庭。沼泽里传出鸟叫，如青蛙的叫声。吉雅泰说这不是鸟，是虫子，在树上像蝉一样刮翅膀。

　　月色越发白净，牧民的房子看上去比白天矮了，毛茸茸的。如此明澈的夜空，看得见细长条的云彩。云彩想把星星藏起来，但星星在云后偷偷露出了眼睛。

　　我的精神还正常吧？我问吉雅泰。他说正常，但你不应该穿皮鞋出来，露水把皮子都渍软了。还是不正常，我心里说。

胡杨之地

我在四子王旗的速亥看到的不仅是胡杨林，干脆说看到了一个又一个悲泣的灵魂。

胡杨是树。但它跟树最不一样的地方是姿态如人。它似互相搀扶、涉江而来的妇孺，像仰天太息的壮士，像为自己包扎伤口的士兵。我只想说它们"像"，或者说"是"有灵魂、有苦痛的人。我来到速亥的时候，正迎夕阳，落日把一腔块垒吐在这片寸草不生的荒沙上。胡杨树虬曲纠结，坐地视天，身子骨披一层滚烫的金红，让我想起罗丹那座雕塑《拉奥孔》——壮硕的男子，与身上缠绕的蟒蛇搏斗，其痛昭然。

人见到松柏、垂柳，手抚其枝，并不会问"为什么"。

松柏青青，垂柳依依，没什么可问"为什么"的，一切如常。可见了胡杨，真想问它为什么会这样？我想到了一个词——灵魂。胡杨树一定因为有灵魂，或者说有记忆而痛苦过，并有此态。

速亥，蒙古语为"红柳"，如今是白茫茫的沙地，谁也想不出它六十年前的样子。这里的人告诉我，从五十年代到七十年代，速亥人的主要工作是打黄羊。上级给牧民们发冲锋枪，用冲锋枪扫射黄羊；给县和公社干部每人定指标，打不到规定数目的黄羊要扣工资。速亥当年是怎么样的植被？风吹草摆，不见牛羊，植被太茂密了。当年打过黄羊的老人说，速亥这地方黄羊多，它们集群飞跑，不少于几百只。不光有黄羊，还有蒙古野驴，有藏羚羊。老人说：你们不要认为只有西藏、青海才有藏羚羊，乌兰察布草原当年有很多藏羚羊。蒙古语管藏羚羊叫"奥仁嘎"。这个地方鸟啊、花啊多的是。当年这里是湿地。

这个老牧人指着白茫茫的沙砾说，"当年这里是湿地"，真的像痴人说梦。如今除了天上的云朵和地上的胡杨属于有形状的东西，其他皆为空荡荡的虚无。

打死的黄羊呢？我问老人。

都拉走了，老人说。我们自己养牛养羊，从来不打黄羊。打死黄羊变成了政治任务，肉和皮子都出口换汇了。

我们整整打了二十年黄羊，现在什么野生动物都没有了。那些年，每天都有枪声。枪声停了，黄羊、鹤、野鸭子、兔子、狐狸，什么都没了。

我抬眼四望，速亥这地方在一个盆地里，是二连盆地的一部分，依靠的山叫大红山。可是，打光了黄羊，植物也不能都灭绝啊？

老人说，从八十年代开始，我们这儿又遭一劫——挖发菜。你想象不到有多少人到我们这里挖发菜，可以叫成千上万。从宁夏来的，整列火车全都是挖发菜的人。我觉得全国的人都到这里挖发菜来了，黑压压的到处都是人。有人挖，有人收，有人运。运到东南亚一带。发菜这东西怪，这片地上午挖没了，落点雨，下午又长出来了。挖的人越来越多，最后变成这个样子。

老人说"这个样子"的时候，特别不情愿，声音迅速被脚下的沙子吸收。如果土地和天空也会死亡的话，就会是"这个样子"。这里的天空虽然高远，却毫无生气，与绿洲之上湿润的天空绝不一样。没有飞鸟、没有层层叠叠的雨云，这是一片失去了肌肤的天空。土地上只有沙子，连蜥蜴爬过的痕迹都看不到，见不到土，地已经死去很多年。今天的速亥，不要以为它寂寂无闻，它名声大得很，早就传到了北京和天津等地，出现在专家们的文案里。速亥，现在成了京津风沙最主要的源头。这片地，每年不知向北京输送了多少沙尘。可谁还记得当年它堪比肯尼亚野生动物园的情景，谁还相信此前这里竟然是一块湿地呢？

假如黄羊有灵魂，灰羽鹤有灵魂，野兔、芦苇有灵魂的话，如今它们一起附体在胡杨树上。胡杨死去后为什么不倒？倒了为什么不烂？它实在是有话要说，是无数野生动物与植物的灵魂请它们保持苦痛控诉的姿态留在人间。有胡杨的地方，都是动植物们的受难地。差可欣慰的是，速亥至今还保持着一"怪"，下点雨，马上就长出绿茸茸的草。人们盼着这里多长草、快长草，一直长出黄羊来。

马群在傍晚飞翔

群马聚到一起飞奔的时候变成了鹰，变成气势汹涌的洪水，幻化为杂色的流云。

马群跑过去，没有什么东西能阻拦它们，四蹄践踏卷起的旋风让大地发抖，震动从远处传过来，如同敲击大地的心脏。大地因为马蹄的敲击找回了古代的记忆，被深雪和鲜血覆盖的大地得到了马群的问候，如同春雷的问候，而后青草茂盛。

原来，我以为马就是马，而马群跑过，我才知它们是大群的鹰从天际贴着地皮飞来。鹰可以没翅膀而代之以铁铸的四蹄降临草原。马群跑过来，是旋风扫地，是低回在泥土上的鹰群。

马群带来了太多飞舞的东西。马鬃纷飞，仿佛从火炭般的马身上烧起了火苗。马在奔跑中骨骼隆突，肌肉在汗流光亮的皮毛后面窜动。马群上空尘土飞扬，仿佛龙卷风在移动。奔跑的马进入极速时，它们的蹄子好像前伸的枪或铁戟，这就是它们的翅膀。它们贴着地面飞翔，比鸟还快。置身于马群里的单匹马欲罢不能，被裹挟着飞行，长戟的阵列撕裂晨雾。

马群纷飞，它们在那么快的速度中相互穿插、避让，从不冲撞，更没有马在马群中跌倒。鸟群在天空飞翔也没有鸟被撞到地上。动物的智慧——动物身体里神经学意义的智慧比人高明，它们有力量、灵巧，还美。动物不用灯光、道具、服装、化妆和音乐照样创造震慑人心的美。

马群飞过，对人来说不过是几十秒的时间，人几乎什么也看不清楚，它们已经跑远或者说飞走了。

马群去了哪里？以马的力量、马的速度、马的耐力来说，它们好像一直跑到南方的海边才会停下来。我见过埋头吃草的马群，但没见过奔跑的马群是怎样停下来的。是谁让它们停下来？是什么让它们停下来？

马群在草原徜徉吃草，十分安静。马安静的时候，能看清它一下一下眨眼。吃草的马安静，马群在奔跑时如同一片云。云也奔跑，云峥嵘，云甚至发出雷鸣，但云也是安静的，这和马相同。云更多时候穿着阿拉伯式的丝制长衫在天边漫步，悠然禅意，与吃草的马群相同。

草原辽阔，晴空如澄明的玻璃盅扣在长满鲜花的青草盘子上，它叫作大地，又叫草原。羊群、牛群和马群虽然成群，在草原上也只是星散的点缀。马低头吃草，好像闻到了自己蹄子上的草香，风吹开马颈上的鬃毛。马的安静不妨碍它飞奔，马的雄心在天边。

在草原，每天都见到几次马群的飞翔，它们从山冈飞到河边。恍惚间，它们好像从白云边上飞过来，要飞越西拉木伦河。它们可能被《嘎达梅林》的歌词感动了——"南方飞来的小鸿雁啊，不落长江不呀不起飞……"马群要变成鸿雁，排成方阵在天空飞翔，它们渴望从高空俯瞰大地。马想知道大地是什么，为什么生长青草和鲜花，为什么流过河水，为什么跑不到尽头？

马站在山坡上吃草，马群飞翔。它们背上的积雪融化了，马的眼睛张大在雪幕里。马群在傍晚飞翔，掠走了夕阳。它们最后总是停在河岸，鸟群也如此。它们并未饮水，而在瞭望天地间的苍茫。

云 良

云良是一个女人的名字。

要想认识云良，要到草原上。所谓草原，裸露着远远近近的沙丘。沙丘丰满起伏，像无边的吃不了的粮食囤积，云影得意地在上面变化幻影。这儿有草、湖泊，也种庄稼，苇子站在湖泊的岸边，围着沙丘列成一排。好像要防止沙中的蜥蜴爬进水里。暮色降落时，牧民低矮的泥屋仿佛真要坍垮下来，羊儿一只挨一只站在墙边，全都垂着头。玉米粥的香味从屋里飘出来，桩上的走马不安地挪移蹄子，惹得狗叫。男人把羊圈拴好，走到檐下接雨水的残缸前掬一把水泼在脸上，惊讶地睁开眼，手心手背在裤上蹭蹭，顶着锅里冒出的大团白汽进入屋里。这家的女主人就可能是云良。这里是地处内蒙古东部的科尔沁草原，我的故乡。

云良没到过城市，也不知道几十里外的人们怎样生活。但是人们都知道云良。在北京的一次领奖晚宴上，坐满蒙古人的席上突然响起歌声。初起，颇感突兀，况且他们唱得这么粗放。大厅里纷纷站立倾听的人们，听出这首歌委婉多情，仿佛奔流的江水，仔细看只是平缓的涌流一样。歌罢，人们问，你们唱什么？《云良》。人们渐悟原来蒙古人都会唱《云良》，包括席上白发苍苍的老者。人们还是奇怪，他们怎么会唱同一首歌，这歌MTV并没有播过。

云良并不知道这些。每到接羔季节，有时刚生下来的羊羔不被母羊接受，云良便唱一支名为《陶爱格》的歌，凄婉绵长，直到母羊流着泪给羊羔哺乳。在四月的庙会上，大群的蒙古女人像镶在靴子上的花瓣，左一群，右一群，你分不清哪个是云良。她们用新奇、赞美的眼光看着每一样商品，大喇叭里传出民间艺人沙哑的唱腔，秦琼赶到了哪里，等等，赛马的烟尘已经由远而近。这些蒙古女人健硕、端庄，颧骨和鼻梁被晒红了，眼里充满柔情。羞涩、大胆、善良，那样的眼睛随时都会笑起来。这时，你会觉得《云良》其实一听就会了，像另一些以蒙古女人命名的民歌，《达古拉》《诺恩吉雅》《维胡隋玲》《森吉德玛》《万姐》。因为她们正站在你面前笑，海蓝色的蒙古袍镶着橙色的绲边儿，银耳环和银扳指的花纹里透出岁月清白。

　　而如果你真的想真切地了解云良，像看一幅肖像油画那样，像听她的一段录音一样，就去听齐·宝力高的马头琴曲。他的弓下有克鲁河、嘎达梅林、天上的风，然后是云良。我不知怎样描述马头琴的音色，像唱诗班的喉音合唱，像马嘶，像壮汉的哽咽。大提琴的深沉和萨克斯管的明亮才能组成这样的忧伤。云良出现了，右衽，两只手攥在一起。她向我们诉说，眼睛里装满了乌力吉木伦河水那样不停的话语。没有比齐·宝力高更了解蒙古女人的人。她们美丽吗？然而一生坚韧。她们芳香吗？然而有许多忧愁。齐·宝力高就是那位画师，喝着酒，在七月的阳光下蹙眉走到画架前，笔触如飞镖，如游丝，然后停下来久久地看，直至晚风吹来，喊着羊的声音悠长。齐大师的脸膛在夕阳下如雕像一般生动，抿着嘴却如欲笑，像一个活佛。他原本就是活佛，三岁时被推为科尔沁莫力庙五世活佛。齐是宝力高的姓，他的祖先是成吉思汗的长子术赤。

　　我听《云良》的时候，仿佛身上的血液全停下来，听一会儿再流。歌声或乐曲一点一点带住胳膊、腿，最后像黄油一样融化在温婉哀怨的旋律中。我不知道蒙古民歌为什么有一种悲凉之意，像秋天早晨的雾那样包过来，又飘远。我不知道我的祖先在怎样的心境中创造了这些歌。它是悠远的，有一些还诙谐，或者柔肠百转，然而总有一些悲凉。像有一排拴套马杆的汉子，在雨水中伫立，凝重笨拙，静穆中散发着悲壮。这一种心绪在马头琴和长调民歌中透露得最为清晰。而他们的女人，就是云良。贤淑、朴素，眉眼里都是歌声。

如果找到《云良》的歌词看一看，会为它的平淡而诧异。爱、思念以及遥远。然而一首歌如果一代又一代地唱下去，所蓄积的含义和力量早就超过了歌词，能够把歌者所有的憧憬和愿望奔放地表达出来。

水碗倒映整个天空

　　图瓦人布云的家里没有杯子，只有碗。他家人喝酒喝茶用的是从巴基斯坦买的铜碗。布云说："玻璃杯是不好的，像人不穿衣服一样。酒和茶的样子被人们看到了，它们会羞愧。"

　　"谁们羞愧？"我问。

　　"酒、茶、水、汽水它们，不好意思呢。"

　　"那你用瓷杯子嘛！"我说。

　　"瓷杯子嘛，我在布尔津的饭馆里见过。酒在里面憋屈，那么小。你知道，酒不愿意待在小东西里，它喜欢大缸（他指了指西边，西屋的大钐刀边上放着布云酿的骆驼奶酒的酒坛子，他喜欢管它叫缸），还喜欢待在皮囊里，最小的地方也是酒瓶子里。"

我在布云的家里用巴基斯坦的扎哈拉人（蒙古人支系）制造的大铜碗喝奶和奶茶。一条小河从他家的窗户下流过去，河水泛青。我在新疆看过的河大多是青色的，如冻石一般，只有伊犁河黄浊，他们说用伊犁河水煮出来的羊肉最香。在喀纳斯——这里是图瓦人和哈萨克人的乡土——青碧的河水在戈壁石的河床流过，激发细碎的白浪花，像啤酒沫子一样。河水绕过松树，流入白桦林里面。落叶松像山坡上睁着眼睛张望的狍子。松树的阳面微红，像肉煮到五成熟那种鲜嫩的粉红色，而背阴的树干褐黑色。落叶松的脚下撒满去年的松针，冬天，这些松针保管在干净的积雪里。雪化后，松针一片金黄。落叶松落下这么高贵的松针，真有点可惜。如今松树枝头长出新叶子，像肉色的小松塔或小花蕾。山坡上，松树错落排列，似僧侣下山散步，走进布云的家喝茶。

布云听说我去过俄罗斯的图瓦共和国，喜欢听我讲这个地方的一切，特别是主席的事情。我说："他们的主席四十多岁，笑眯眯的，背着手逛商店，或者坐在广场长椅上晒太阳。"

布云听得眼睛亮晶晶的，他把嘴角上拉，说："是这样子吗？主席笑眯眯的？"

我说:"正是,主席右手无名指戴了一枚琥珀的银戒指,左手食指戴一枚西藏松石的银戒指。"

布云摸自己的左手和右手,说:"我也要有那样的戒指,人人都可以有银戒指。"

"我的故事讲完了,该你吹楚尔了。"我说。

布云从墙上摘下用芦苇做的笛子——他们叫楚尔,用嘴角轻轻吹。旋律轻柔而忧伤,仿佛在叙说湖水、雾和白桦林的样子。我觉得梅花鹿如果会吹笛子,吹的就是楚尔,它的音色表达的正是动物的心情。松鼠看见露珠从松针垂直坠落,羊羔在河边看见一条小鱼卡在水底的石缝里,猫头鹰看见月牙坐在松树的枝杈上,后背让露水打湿了。布云的楚尔正在表达这些情境,简单,说幼稚亦无不可。布云本人就很简单幼稚,愿长生天保佑他越来越简单,越来越幼稚。在这里,奸诈没有一点用处。

我拿铜碗,舀一碗泉水喝(布云的泉水从山腰取回,放在维吾尔人的大铜壶里,他认为水和铜相互喜欢)。我走到房门外边,见绊着马绊的马两个前蹄一起往前蹦,找新草吃。黄色的山羊群急急忙忙跑过来,白云像围脖一样遮住山的胸口,却露出山峰的脸。我低头喝水,看碗里竟然有玫红的霞光和刺眼的蓝天。碗装下了这么多东西,真是比杯子好多啦。

月光下的白马

　　我住在牧民香加台的家里。那天晚上到公社听四胡演奏的比赛，回来快后夜两点了。刚要推门，听马厩传来沙沙声。子夜的月亮转到了天空的右边，正好照在马厩里，白马低着头嚼夜草。

　　月亮比前半夜更亮。亮这话也不对，像更白。两寸高的小草都拖着一根清晰的影子，屋檐下压酸菜的青石变为奶白色，砖房的水泥缝像罩在房子外的渔网。

　　马抬起头，见我没有丝毫惊讶，大眼睛依然安静，鼻梁有一条菱形的青斑，它的脸庞和脖颈的血管粗隆。

　　马站着睡觉，我从小就对此感到奇怪，到现在也没人告诉我这是为什么。我此刻惊讶的是，月光下的马像从另一个世界来的动物。人类民间故事里有狼和羊的故事，有熊和老虎的故事，狐狸的故事最多，这一点狐狸自己都不知道。民间故事却很少说到马，《西游记》也没让唐僧的白龙马参与到太多不着调的事情当中。"默默"这个词最适合于马。

香加台的白马抬起头，看着马厩外边的花池子，披一脸的月色。三色堇的花瓣开累了，仰到后背；一株弯腰的向日葵，花蕊被人捋去了一半，露出带瓜子的半个脸。马看着它们，没什么表情，像在回忆自己的一生。

马的眼睛没有猫的警觉、狗的好奇，也没有猪的糊涂。对半夜有人参观马厩，马好像比人更宽容。从眼神看，马离人间的事情很远，离故事也远，而猫狗的惊慌哀怨、忠勇依赖证明它们就在人中间。

马缓慢地嚼草，好像早晚会嚼出一个金戒指来。我想，把"功课"这个词送给马蛮贴切。马嚼草与蚕食桑叶一样，仿佛从中可以构思出一部歌剧来。故事的旋律怎样与人物旋律相吻合，乐队与人声怎样对位，这些事需要彻夜不眠地思考，需要嚼干草。我从小在我爸"不要狼吞虎咽"的规劝中长大，几年前终于得了胃病。我觉得我爸的规劝像在空中飞了几十年的石子，最后落了地。我之狼吞虎咽、之不咀嚼、之消化液不足，让胃承担了负累。如今我看马慢嚼、看小猫每顿只吃几口饭、看公鸡一粒一粒地啄食，觉得它们都比我高明，虽然它们的爸什么也没说。

香加台每天早上骑这匹白马出去飞奔，像办公事，实际什么事也没办。他说马想跑一跑，马不跑就要得病了。香加台的马从毯子似的山坡跑下来，尾巴拉成直线，它的两个前蹄子像在跨越栅栏。马飞奔，像我们做操那么简便。

马跑完，香加台牵着它遛一段路，落落汗。蒙古人从马背上跨下来，双脚着地就显出了笨。他们走得不轻捷、不巧妙。没有马，他们走路沉重得不像样子。

月光下的白马嗅我的手，我摸了摸它的鼻梁，它密密的睫毛挡不住黑眼睛里的光亮。我忽然想起在锡林郭勒草原，一匹飞驰的白马背上有个小孩，敞开的红衣襟掠到后腰。马在一尺多高的绿草里飞奔，小孩像泥巴粘在马背上。那匹马好像又回到了眼前，在月光下如此安静。

火山杨

  冰川、汪洋曾经覆盖地球。那些劫难无人知晓——人所能知晓的事情太有限了。山顶岩石里的贝壳化石细微地述说海洋的步履，沙漠里孤兀矗立的石块留下冰川的脚步。地球在汪洋或冰川的时代，并不是毁灭，只是它轮回的一瞬，海水与冰川撤去，地球又耐心地从头开始，培育低级生物，使之高级，繁衍万物。我们在路旁看到小小的蕨类植物，相当于看到地球鸿蒙初开的景象。从羽毛式的蕨类植物身上，我们可以想象经历亿万斯年，地球重新长满了大树与鲜花，昆虫和鱼类都找到各自的归宿。

  在地球的劫难中，遭劫的并非地球，而是地球上的生物，包括动物和植物。然而动植物重新长出来——当阳光、土壤和水分具备之后，它们开始恢复生命。用"恢复"描述生命也许不对，动植物的种群并不以个体衡量，只有人以"人这一辈子"描述单一的、不可重复的生命。遍地的青草，是青草集体的生命，它们共享一条命。

人所能目睹到的地球劫难，大约只有火山爆发遗址——地震只是人与人居的劫难——火山喷发之后，地表一片焦土，像我在五大连池所见到的景象。

实话说，我并没想看火山遗址，就像不想看车祸现场一样。到来，所见到的是如前所说的"一片焦土"。两百多年前这场火山爆发，把埋在山里的黑色玄武岩化为流水，喷射向天空，而后落地，形态如烧过的树一样，成了一段一段的焦炭。就化学性质判定，这些不成样子的焦炭，仍然是玄武岩。

站在火山口边上往下看，我不知我要看什么。这是巨大的漏斗形的深渊，黑色。那股冲天而起的熔岩的火柱早已消失了。我感到，时间在这里也消失了。人们说，时间不具备及物性，说时间是物质之外的客观存在（听上去很别扭）。但我觉得时间的及物性很强。时间挤在花的蕊里，挤在梳刘海儿的儿童的额头上。时间站在雨后的笋尖上，时间拽着引体向上者的胳膊打滴溜。时间蹲在电视机里，趴在屋檐的雨滴身上。时间忘记了黄花梨木的生长，但没忘记让它坚固。它忘记了老年人的存在却没忘记让他们死亡。时间一定有喜欢去的地方和不喜欢去的地方。有的地方，时间从来没来过，比如沙漠和五大连池的火山口。

时间不愿意停留的火山口，人像一群奇怪的动物在坑边逡巡。他们围着一圈儿向坑里看，不知看什么。石头从坑底排列到坑沿，块块充满死寂。在河边，我们看到的鹅卵石像一条条干鱼，仿佛先前它们在水里活过。看山里的石头，更感觉它们是活的，是山的肉或者叫筋腱。而火山口的每块石头都是石头的尸体，大大小小都如此。我说我感到不安就是这原因。密密麻麻的石块被一七一九年的火柱烧死了，匍匐在地，没有声音，没有流水，没有青草。我们看到了地球当年的劫难和它永不愈合的伤口。

然而大自然永不绝望，脆弱的是人而非大自然。离开火山口，在参观其他地方的时候，我们看到了勃勃生机。当年火山把玄武岩化为焰火狂欢之后，这些焰火洒在方圆几十公里的土地上，似焦炭。我说过，在火山口没见到青草。但在焦岩之上，在好像犁过的石头的黑波浪上，我看到了萋萋青草，在这里邂逅了生命。青草长在黑波浪的转折地，那里面有土和水分。我们驱车向前走，穿过了一大片树林。导游停下车，说这是一片火山杨。

火山杨？它们的脚底下就是石头的黑波浪，上面覆盖着薄薄一层土。这些树貌不惊人，纤弱不直。导游说：这里一根拇指粗的火山杨已经生长了几十年。一棵一米多高的火山杨，有几十米的根扎在地下（岩石里）盘绕。

一米高的、拇指粗的树在地下有几十米的根，这让我惊呆。我想下车摸摸这些树。在火山景区，行人都不可以离开栈道，摸不到树。

它们成精了。树之成精，如人之成圣，是从轮回中转脱涅槃的达彼岸者。它的几十米的根是为了找到水，它自己就是一口井。当一棵树要这么难吗？命运让它在火山熔岩里当一棵树就要经历这些磨难。这些"小"树实际上都是老树。它们跟直径五六十厘米的树有一样的树龄。如果把人放到一个艰苦地方，他也许会跑掉，但树跑不掉。它不仅要留在这里，还要站立，要活着。我想象这些"小"树在慢慢生长，夏日缺水，冬日是几个月的白雪严寒。对树来说，这没有什么好与不好。火山杨的幸运在于它不知道长在海南与江南的树是怎么活的。活得太容易等于活得太仓促，太快长粗长大，长完了一生。

是的，对火山杨不需要说什么艰难、致敬一类的话，它的存在就是它的生命。它的生命以及所有成败都在它的存在之中，在它的纤弱的躯干和与其他杨树看不出区别的叶子里。对火山杨而言，对静默的山峰、河流和小小石子而言，它们的存在集合了无法知晓的残酷与欢欣，而它们却像什么也没发生过。

　　就这样，这些葱绿的火山杨长在这里。我为树林没有小鸟替它们有一点遗憾，但这不是问题所在。人说这里还有圆耳朵的小火山兔和细细的火山蛇。我觉得它们活得很壮烈，它们自己觉得活得很甘美。人永远了解不到大自然的内心。

石屋是山峰的羊群

　　山巅的夜色比平地薄，也许离星星近，夜被银河的光稀释了。脚下的石板仍清晰，缝隙像墨勾的线。树上的柿子深灰色，灌木如国画堆起来的焦墨，石板路留白，斜着通往上面的屋舍。太行山白天黑夜都像水墨。阳光下，危崖千丈是皴法，大笔皴出石壁和悬松。入夜，山村如晕染，纸上留了更多的水分。石屋石墙的棱角显出柔和轮廓，这是淡墨一遍一遍染的，树用焦墨拉一下就可以了。我在下石壕村转悠时脑子里想这些话，好像我是个画家。然而我不懂绘画，借国画技法状眼前所见，说个意思。

　　夜空上，星星大又亮，一部分星星被山峰挡住。走几步路，星星从山后冒出来，它们好像在旋转。这么大的星星如白锡做的铃铛，本该挂在天马脖子上，如今藏在了太行山的身后。我暗想，即使最小的一颗星星掉下来，落在山上，也会叮叮当当响一晚上。

坐在木墩远望，天黑什么都看不清了。山峦刚才在红和蓝的天幕下凸现轮廓，眼下色彩尽了，山退隐。仅存一点光线时，雾（实为云海）从山谷汹涌地挤过来，挤进村显得薄了，赶不上蒸馒头大锅的白汽密集。雾待了一会儿跑了，可能嫌村里太静。村里的石屋构造朴拙，一排房子在山的衬托下显得小，只是人手堆起的一处居所，山是老人。石屋如同山峰放牧的一群白羊。

村民从我身边走过去，去村口的大石亭。石亭能装十桌人吃饭，四面见山，亮着红灯笼。山村静久了，多亮一盏灯、多一个人大声说话，就添了热闹，何况石亭亮起十几盏灯笼，红纱宫灯。从身边走过的是妇女和老人，这个村和中国所有村庄一样失去了年轻人，他们离开土地去了水泥地，遭长途颠簸和出租房的罪，赚现金。中国没那么多耕地让他们耕种。灯光下，妇女和老人站在家门口向外张望，越显出房屋院落的寥落。村里大部分儿童去山下学校读书。东奔西跑的精灵不在家，村里更静了。石亭的红灯笼一亮，村民的心活了，来看热闹。

夜色浓重，看山不是山，是深浅不同的墨色。头上一条小路是石片垒起的，七八米高，石片中间钻出树，直径超过五十厘米，拐弯向上长。有的人家窗下横挂着木梯，这里家家离不开梯子，不是上山是上房，晒柿子、花椒和玉米。木梯子被风吹雨打变成白色。墙上标语隐约可辨，有一条是"生女也是接班人"，另外一条"女儿也传种"。这两条标语说得都对，尤其后一条。人种都从女人那里传过来的，没别的途径。

"呜哇哇——"音乐响起来，自石亭那边。这个音乐是CD放的，类似大型文艺晚会的序幕曲。我想下面该出主持人了。果然，一个女声用央视春晚的声调说："各位领导、各位来宾、女士们、先生们，大家晚上好！"

我一边往那边赶，一边在心里给她续下边的词："中央电视台平顺分台下石壕支台春节晚会现在开始！首先宣读海外华人和驻外使领馆的贺电……"但大喇叭里的女孩子说的是另一番话："太行九月，是丰收的季节，苍山披翠，大地金黄……"很有文采嘛。我走近石亭，见亭里坐几桌游客，服务员化舞台装，穿性感纱裙往上端煮鸡蛋、烤马铃薯、炖鸡和柚子大的白面馒头。端烤马铃薯还用化戏装吗？服务员眼角画进鬓里，如花旦一般。后来知道，她们是演员，兼服务员。

主持晚会的姑娘个子不高，没化妆，像城里人。她流畅地把太行山的人文地理介绍了一遍，宣布演出开始。服务员如仙女般手转扇子跳起舞来，伴奏带是央视经常放的大歌。仙女跳完，主持人又把吃的东西介绍一遍，是一些在其他地方吃不到的山货，诸如鹅卵石炒鸡蛋、清蒸南瓜苗、酱拌花椒嫩芽。仙女们换了另一身衣服，再跳舞。刚才是水红色短衣短裙跳扇子舞；现在是白裙搭青罗条，跳贵妃舞。主持人再上来，说："哪位嘉宾唱歌？"一位游客大大咧咧上来，用闽南话唱《爱拼才会赢》，用普通话唱《天路》。仙女们换短打扮，唱上党梆子。

好家伙，小山村热闹啦，音响师用最大音量放音，唯恐群山听不到。村民们都来了，安静地站在石亭下面观看。他们全神贯注，表情十分满意。这时候你就知道文艺的重要，它是心灵上的银铃铛，有人摇一摇，心里才满意。演出很快结束了（节目少），音箱发出深情的《难忘今宵》。主持人用央视的口吻说："难忘今宵，难忘太行，星光为我们指路，友谊是最美的琼浆。"音箱转放苏格兰民歌——《友谊地久天长》。

村民对主持人的文雅词语很满意，有人说话他们就满意，都是吉利话。苏格兰乐曲在太行山巅回荡，我问主持人是哪里人、演员来自何方。主持人告诉我，她是大学生村官，担任村主任，服务员和演员都是这里的大学生村官。

这些女孩子来自长治、太原，她们在这里服务几年，可以留下，也可以考公务员，给加分。她们有警校生、矿院生和师范生，问年龄都是十九岁、二十岁，刚刚来这里。我才来，已觉得雄浑的大山需要她们的漂亮衣服和容貌，这些活泼的小村干部让太行山感受到了青春的活力。

父亲的战马

在天堂的绿草地上，他和白马徜徉云游。

萨如拉

　　我无论做什么，身旁总有萨如拉目光的追随。一旦定睛与她对视，她反而不好意思了，撩起破裙子遮脸，只露出眼睛热烈地望你。她的嘴，一定在破裙子里大笑着。

　　萨如拉是我堂妹格日勒的孩子，只五六岁。

　　虽然萨如拉学着大人的腔调厉声喝狗，以砖头勇敢地砍别家觅食的猪，敏捷地翻墙摘豆角，但你看她时，她还是要羞涩。

　　她还不知道为自己家里的一贫如洗而难堪，她腿杆上久不洗濯而形成的黑渍，那件颜色褪到无以名之程度的裙子，都没有使她感到不妥。

　　当我用眼光抓她时，萨如拉先"哦"地尖叫一下，惊慌而幸福，然后两脚蹬地、弯腰架臂，准备跑。

有一次，我对着架上的豆角秧假装自语说："萨如拉老是跑，肉都是竖丝，蘸酱油肯定好吃。"

我的声音不大，但已被蹲在外屋洗小手绢的萨如拉听到了，她警惕地直腰观察左右，然后偷着把酱油瓶藏起来了。

她也许真的认为我将把她按到锅里，填满水，煮了吃肉。

在胡四台村，由于我是城里人而被亲友们认为是有钱人，他们谦卑地谈吐，唯恐说错什么话，这使我难过，感到对不起他们。

孩子却不是这样，他们照样得意扬扬。你给他糖吗？给吧。孩子们在品咂糖果的甜蜜时，专注如一位教士读《圣经》，心里只有快活，而不是别人的恩典。孩子们聪明，知道世间之乐乃与生俱来，何须谦卑？

萨如拉爱洗小手绢，这一点已引起众人的议论。她一有空就用肥皂洗那个带小鸭子图案的手绢，扯在手上飞跑一圈，已干了，然后塞到鼻子下面，嗅阳光与肥皂的气味。

她一洗手绢，就要唱歌。其嗓子之嘹亮为整个家族所赞赏。在我们的八度之上，她仍能唱两个八度，从容婉转，像鸟儿在云层里翻飞：

弥漫着白雾的鄂托克西边，

牵连着我心中的愿望，

真想和他见上一面啊……

这是一天午睡时，萨如拉在窗下所唱。我静静地听，间或还有清水撩拨的声音，她又洗手绢了。

我坐起来往外看，见到她母亲格日勒对着我笑，大手大脚的，衣服后背让汗打透了。我们来到之后，亲友们轮流杀羊请客。我这个堂妹也随着大拨人马，找个不引人注意的地方，拣一块骨头啃着吃。她没有羊，请不起我们，惭愧着，仿佛对不起我媳妇送她的鲜艳裙子。

但是，当她发现我注意并赞赏小萨如拉的所作所为时，就非常高兴，如同送给我的独一无二的礼物。

萨如拉的确是独一无二的，如果条件允许，我很想把她送到北京的朋友赵世民身边，让他给请一位像沈湘那样的老师教歌唱，也许会培养出一位玛丽亚·卡拉斯或迪里拜尔。

斯琴的狗和格日勒的狗打架

在我大伯的孩子里面，格日勒并不是最穷的。她已经盖了房子，而且有房顶（吾侄保明的屋顶则不全，让暴雨浇塌半边后，一直没修复）。格日勒的家里，除了几床被子和地上的黄狗带点鲜艳的色彩外，其余一律是土色，墙、炕和窗台。

我爸环视一周，说："挺好，年轻人都是这么过来的。下回带点蒙文报给你们糊墙。"

格日勒脸色红扑扑的，张着大嘴傻笑，同时用右手使劲扭着左手的指头，仿佛那指头犯了什么错误。她根本不在乎糊不糊墙，只对我们的到来表示欢迎。

格日勒的财富都在外面，即房前屋后的已长出几片叶子的黄豆，她在北山后还有几亩玉米。

"哎哟，格日勒还能种黄豆呢？"我姐塔娜惊讶地看着这些豆苗。格日勒住在塔娜家里的时候，是最懒不过的。

格日勒笑着，扭手。她是我大伯最小的女儿，在赤峰住过几年。她个高，身架像外国模特一样，长得也像，大嘴尤似索菲亚·罗兰。无论你怎么说她，格日勒都不改笑，皮实。但说大劲儿了，她鼻尖也浮一层细密的汗珠，不断擦去不断浮出。对格日勒的各种毛病，我爸一般抢过话头先说几句，他的意思是不想让别人再说她。

"种树。"我媳妇说，"格日勒你种树，种树最好了。"别人家的院套大多有树，气脉旺盛的样子。格日勒的房子像古堡一样孤零零的，被几寸高的小黄豆苗簇拥着。

格日勒笑着听。她心里一定说，我也不是傻子，种树干啥？种树当年也收不上什么。

我们这次到胡四台，带来一些旧衣服，分的时候如我妈所说"平均一下，免得他们闹意见"。"他们"是我的堂兄弟姐妹们。但我媳妇还是上街选了一些新衣裙，送给格日勒，还悄悄告诉她："你别一下子穿出来。"

要是"一下子穿出来"，我堂嫂灯笼就会生气，我们住在她家。这几天，灯笼已讲了格日勒不会过日子的种种缺失。她不懂，感情是在人的优缺点之外的一种顽固的东西。

就在我们刚下车的时候，那个傻傻地站在门口的格日勒，飞也似的跑过来，搂住我媳妇，脸埋在她肩上哭出声来，虽然她并不知道陈虹偏心眼给她多带了东西。

我们来到之后，西屋就像公社一样热闹。兄弟姐妹们带着孩子和狗来来往往，甚至连大堂姐斯琴的猪也姗姗而来，但被灯笼撵跑了。我们的确也没给猪准备什么礼物，譬如项链或口香糖。孩子们身体黝黑，肚皮紧绷绷的，似乎准备随时飞奔。他们在静默中接着我媳妇一一送出的包裹，里面是旧衣服、鞋或其他，回家。不一会儿，他们穿上这些衣服出现在西屋，这实在有趣。譬如格日勒的丈夫，眼窝深陷的宝莲，穿着我跑步时的一件 T 恤，他身旁的哈萨的丈夫，笑容可掬的乌力吉，穿着我的另一件 T 恤，他们并肩而立。那些孩子穿着我女儿鲍尔金娜各时期的衣服，表情各异，鲍尔金娜惊讶地闭上了眼睛。

而最为光彩照人的是格日勒，什么衣服穿在她身上都十分惹眼，可惜她没生在巴黎。不一会儿她又换了另一身衣服出现在人们面前，洁白的牙齿粒粒可数。

我爸叹一口气，说："格日勒没心。"灯笼开始在窗下骂狗，声音冷冷的。我的另一些姐妹仿佛想用目光敲折格日勒的腿，省得她一趟一趟回家换衣服。她们从鼻孔里出气，鄙夷老格——这是塔娜的叫法——的浅薄。老格家离灯笼家不远，家里门窗洞开着，她、宝莲和六岁的女儿萨如拉以及名叫巴达荣贵的黄狗，在深绿的草地上朝这边走来。宝莲是个孤儿，带灰色的黄眼珠极为深沉。他常常是惊慌失措的，正如他的黄头发东倒西歪一样。他仿佛自知配不上格日勒，在家族聚会时谦卑地站在后面，但这并不妨碍他常常被我堂兄朝克巴特尔揪出来数落一通。在牧区，一个成年男人如果没有畜群和自己的房子，似乎对任何人都要带着歉意。格日勒和宝莲的房子去年才落成，是我堂兄无偿为他们建造的。

在格日勒穿着城里的衣裙飘然而至遭遇各式目光时，她大姐斯琴的笑容是始终不变的。斯琴五十多岁了，当了奶奶。我父亲在内蒙古军区的时候，接她赴呼和浩特读到高中。每天早饭前，她盘着光洁的头发，领着所有的孙男弟女，蹒跚着从她家房后的墙豁儿迈过，朝灯笼家走来。我每天都去公社买一些果蔬，分给孩子们。当斯琴的六七个孩子领到自己的一份时，她就满意地笑了。过去，她总是隔一会儿就把烟袋锅点燃，双手捧着献给炕头的我爸。如今我爸戒烟了，她只好自己吸，也减少了场面上的隆重。我们无论说什么，斯琴都用"哦——"来应答，这是用吸气来完成的表示谦卑的语气。有时，我们说的话跟她不搭界，斯琴也"哦——"着，笑容是不变的，眼睛在看里外屋各家的孩子的项链和手镯——这是我媳妇在小商品市场买的小工艺品——谁的更值钱。对格日勒的大红大紫，斯琴就这么笑着，宽厚而大度。

有一天，我们吃完晚饭在窗下纳凉。格日勒的女儿萨如拉用裙子的一角遮住脸，唱了一首《云良》，声可裂帛，缭绕入云。墙边的木桌上，一头开膛的肥猪仰面卧着，这是吾侄保钢订婚用的。宝莲单腿跪在猪旁，用碗岔子刮它身上的毛。猪身白得耀眼。这时格日勒把萨如拉的塑料项链给其狗巴达荣贵戴上了。巴达荣贵黄毛高脚，轻佻而胆怯，也有格日勒式的天真，一看即知涉世不深，它有些怕斯琴家的狗，又跃跃欲试。斯琴家的狗是稳重的，不屑巴达荣贵的高脚。就在后者进退飘忽时，斯琴的狗一口咬住巴达荣贵的红项链，然后向一边拖。巴达荣贵立刻张着嘴却叫不出来，几乎要被勒死。格日勒跑过去，对准斯琴的狗扇了一记耳光。

"咄！"斯琴大吼，我看到她一脸怒容。只有骂牲畜才用"咄"，她显然对格日勒打她的狗不满意了。见我们在看她，斯琴脸上已堆满了笑容，恭顺地垂下头："哦！"

格日勒从小就没妈。我爸曾经说："等你大伯死了，更没人拿格日勒当玩意儿了。"大伯今年春天已与家人永诀。他们来信说，朝克巴特尔与斯琴两家互殴，住院并报官了。

我媳妇给格日勒的华丽衣裙怕已被胡四台毒辣的日头晒褪色并被绊脚的荆棘撕为条缕了。不知她今年种黄豆了没有。宝莲畏缩着，萨如拉在一边洗小手绢一边尖声歌唱，大伯死了，格日勒站在孤零零的泥屋前面，扭着手指，她那天真的笑容该向谁展露呢？

我　妈

　　我妈今年七十二岁，除了皱纹、白发之外，看不到衰老。她早晨跑步，穿专业田径训练鞋。我外甥阿斯汗恶搞，把钟点回拨两小时，她三点钟起床跑，回到家四点半。我爸问："你昨天晚上干啥去啦？"以为她夜不归宿。

　　跑完步，她上香礼佛，熬奶茶，擦地，把煮过的羊肉再煮一下。我爸醒来，她给他沏红茶、冲燕麦炒面，回答我爸玄妙的提问：

　　"谢大脚到底是不是赵本山的小姨子？"

　　"海拉尔叔叔得的是什么病？"

　　"立春没有？"

　　阿斯汉醒来，提出更多的问题，关于洗澡、书包、鞋带儿，等等。我妈应对这一切，用官员的话叫"从容应对"。自兹时起，到夜深关闭电视机，她为每一个人服务，从中总结规律，逐步完美。而她本人神采奕奕，像战场上的女兵一样谛听召唤。

但人老了，动作有些慢，手指也笨，她以勤补拙。我女儿鲍尔金娜有一条海盗式带亮钉的腰带，断折扔掉。按说扔应扔在垃圾桶里，她扔在窗台上。第二天，被奶奶用鹿皮缝好。

"哟!"女儿打量针脚，说，"奶奶，你应该考北京服装学院。"此院是鲍尔金娜就读之地。

就这样，我妈做完计划内的杂役，再寻觅计划外的事务完成之。当我媳妇把带观世音菩萨坠的金项链如勋章般给她戴上，作本命年礼物时，我妈欢喜不安，受人一粥一饭她且不安，况金银乎?

我妈像蚂蚁一样辛苦七十多年而没养成蚁王的习性，还在忙。别人坐着看电视的时候，她站着;别人吃饭，她还站着。唤她坐是坐不下来的，人站着总能帮上别人一点忙。好像没人管自己的母亲叫蚂蚁的，一般都讴歌为大山呀、江河啊什么的。我妈如蚁，没时间抬头看天，只在忙。

正月初六，我们从内蒙古返回沈阳，走之前自语到车站买瓶水。这时我妈不见踪影，同时我姐夫的鞋也不见了。

"姥姥把你的鞋穿走了。"阿斯汉对他爸说。

"不可能。你爸一米八，姥姥能穿他的鞋吗？"我媳妇对阿斯汉说。

我姐夫打开门，听："你姥姥上来了。"

我妈穿一双大皮鞋上楼，手捧矿泉水。她怕我们买，连忙下楼了。为儿女的小事儿，我妈迅捷得连鞋都来不及换。如果我妈是一只鸟，一定从窗户飞出飞入无数次，把所有好东西拿回来给自己的儿女，不管飞多远。

春节前，牧区的哥哥朝克巴特尔、姐姐阿拉它塔娜和妹妹哈萨塔娜每人肩上扛着羊，给我妈过本命年。他们请婶子上坐，献上礼物（不是羊，是缎子被面、红糖、毛衣和钞票），跪拜。阿拉它塔娜双手抚胸，唱一曲古老的民歌，其他人额头伏地。

如果大雁还在的话

小雁才感到幸福

如果父母还在的话

儿女才感到幸福……

这首歌很长，回环往复。跪地行礼的人都五十多岁了，满面风霜。我妈扭过脸，泪水难禁。他们是我大伯的儿女，每个人自小都得到过婶子的抚育。我妈像一只在林中结网的蜘蛛，把四面八方的亲戚串联到一起，共同吸吮网上的露水。

我妈对我说："其实我最喜欢的事儿是看小说，就是没时间。"

时间，成了一个七十岁老太太的稀缺之物，以至于不怎么吃饭、不怎么睡觉，她把自己的心分成很多份给了别人，私享的一念是读书。我给她寄过一些杂志，她望而钦慕，夜深之后慢读，指沾唾沫掀书页。她说这声音好听。

家是碗，母亲是碗里的清水。人们只看到碗，看不见里边的清水。

胡四台的道路泥土芳香

今年夏天，我外甥阿如汗买了车，要带我父母回老家游历。阿如汗对我爸说出这个计划，准备接受姥爷的盛大表扬，我爸没言语，看窗外的柳树。第二天和第三天，阿如汗向我爸热烈地重复这个计划，我爸沉默着，在屋里走走站站，想事。

我知道，我爸的返乡之旅在心里已经启程。

我老家在通辽市科左后旗朝鲁吐镇胡四台村，我爸十七岁当兵离开那里，之后的思念就从未停歇。他认为人的良知就在于爱故乡。春天到了，他在窗前注视良久，说："我老家的柳树也是这么绿的。"原来，他看柳树是回忆老家。人老之后得到许多特权，之一是说话不需要倾听对象和前后铺垫。下雪天，我爸盘腿坐床上、手拿报纸笑了，说："兔子倒霉了，傻半鸡也完蛋了。"

我妈问兔子怎么了？我爸兴高采烈地讲述他在老家雪天抓兔子和傻半鸡的故事。我妈不满："你看《参考消息》说兔子倒霉，我以为国际上出事了呢？"

我在房间艾灸，我爸从外边进来问："这是什么味儿？跟我老家的艾蒿味一样，好像到了夏天。"我爸在屋里转来转去，我妈问："干啥呢？"我爸说："闻这个味呢。"说着，坐沙发上晃着身子唱起歌来。我爸在家唱歌是太平常的事情，无人惊奇。他唱《达古拉》《诺恩吉雅》《万丽花》，歌名是蒙古姑娘的名字，是爱情歌曲。科尔沁人世世代代唱这些歌，不为搞对象，在唱故乡。

科左后旗离赤峰不远，坐火车要换大客，不方便。自驾游就方便了，只有四小时车程。我对阿如汗的计划给予充分肯定，夸到他脸上乐出花。之后帮我妈准备回老家的礼物，红茶呀、酒等等，并给予阿如汗必要的经费保障。

这是今年八月十日左右的事情。我本想从赤峰跟他们一起回胡四台，但有事去了南方。八月十六日，我在深圳接到电话，邀我去通辽参加一个会。我的事刚好办完了，飞通辽。飞机在通辽机场降落后，我内心的地图跟我爸一样展开在胡四台的沙漠、晒蔫的杨树叶子和白岩石一样露出草地的羊群上。我心头也冒出蒙古歌的旋律——《金珠尔玛》《云良》《维胡隋玲》，这些由蒙古女人名字命名的歌曲把人带进一座亲情隧道，歌声委婉、摇曳、悲伤，像火堆背后的夜空挂满了祖先的脸庞，静默的蒙古面孔排列到远方。

通辽的会是蒙古文学改稿班的开班会议，作者是来自内蒙古、新疆和青海等地的蒙古族作家。十八日上午，我们去大青沟景区采风，进入科左后旗境内。我爸我妈这天早上从赤峰出发，我觉得他们到了，离这儿不远。我想直奔胡四台，但会没散，不好意思请假。中午吃饭，几位当地干部作陪。坐在我身边的一位五十多岁，浓眉大眼，他落座问我："家哪的？"

我说："就在科左后旗。"

"哪个镇？"

"朝鲁吐。"

"哪个村？"

"胡四台东村。"

"家里还有啥人？"

我说出堂兄和嫂子的名字。

他侧身端详我，露出笑容，说："你长得太像你哥了。我叫布仁吉日格勒，在朝鲁吐镇当过镇委书记，现在是旗民族宗教局局长。你想回家看看不?"

我说:"想啊,刚才还想呢。"

他问:"啥时候去?"

我说:"吃完饭就去呗。"

他哈哈大笑,说:"一会儿坐我车走。我认识你哥,把你送到家门口。"

上了车,我感到幸运,世上真有这么巧的事。如果我座位不挨着布仁吉日格勒,就没这好事。他简直是上帝派来送我还乡的人,我几乎想问他,上帝好吗?上帝最近在忙啥?车窗外,白茫茫的沙带和灰绿的治沙植物如大地衣衫的条纹,和我老家的风景一样。

要到家了。我爸这会儿应该坐在堂兄家里说话呢。我想象他正用手掌抹去长着老年斑的脸上的热泪。他流泪的时候拉直嘴角,使劲吞咽流进嗓子里的泪水,眼球血红。他回忆我曾祖母努恩吉亚、我爷爷彭申苏瓦、我大伯布和德力格的时候常如此。沙梁上洁白的、晒得滚烫的沙子招呼他回到童年,羊粪、酸奶和玉米糁子粥混合的气味就是天堂的味道。"我老家呀,没比的,太美了!"这句话我爸说了几十年,至少我听他说了五十多年。他说胡四台的道路都有奶香。在老家,我爸看见白马,会想起他的战马——撒日拉篾饶(蒙古语:带点杂花的白马)——和他一起参加过开国大典阅兵式，他身在内蒙古骑兵二师白马团。故乡的马从草地抬起头，缓缓转过头，鬃发遮挡的眼睛温和明亮，我爸会抱住马脖子，他最熟悉马的汗味。

公路边的房子在我看来一模一样。汽车嗖嗖开着，也不知往哪儿开呢。我堂兄是普通牧民，司机知道他家在哪儿吗？我正想着，车拐进一个院子停下。我爸、我妈和我姐他们正从阿如汗的白车上下来，被晒得黝黑的人们围着，有我哥、我姐和一帮满地乱跑的孩崽子。当我出现在他们的视线里，所有人的话语和动作都冻结了，表情凝固。半转身和手里拿东西的人静止在刚才的动作里。我爸正往头上戴草编礼帽，穿红跨栏背心的堂兄朝克巴特尔大张着嘴，堂姐阿拉它举起双手摸着脸颊。我不知咋办，眼泪先于话语落在沙土地上。朝克巴特尔第一个醒悟，大喊："原野!"他紧紧抱住我，堂嫂和堂姐从两边抓住我的胳膊。我爸我妈复活表情，顿时喜笑颜开，说："哎呀，你从哪儿来的？咋回事啊？"我的到来如同精心炒作，我姐塔娜笑得前仰后合。她觉得太滑稽了，我突兀而来抱着朝克巴特尔哭，堂兄把眼泪抹进雪白的鬃发里。"你俩像周星驰电影里的人"，塔娜说。哥嫂越发对我刮目相看，嫂子灯笼假装捏捏我胳膊，看我是人还是神。

原来，我外甥开车迷路，晚到了，他们刚刚进院。冥冥中这一番安排让我们肃然起敬。我爸说："这不是一般的巧合啊。"说话进屋，上炕喝茶吃奶豆腐。我忽地想起把布仁局长给忘了，同行的还有朝鲁吐镇的书记和镇长，他们给堂兄带来了礼物。我把他们请上桌，一起喝茶。牧区干部朴实，没挑礼。

我爸回家了，他今年八十六岁，离乡将近七十年。中间回来多次。他眼前是公路、釉面砖的房屋和农用车，黑绿的玉米叶子在风中翻卷，远处有一溜树林的梢头。我说这和你小时候不一样了，我爸说一样。我不知道什么一样。我爸沉默了，他不再激烈地讲述往昔。他老了，他手扶窗台长久地向外看——这是老年人眺望世界的独有姿态。窗外有阳光下晃眼的沙漠和停在天边飞不动的云。七十年前，他从这里投身军旅，这辈子历经劫难，九死一生，支撑他活下来的能量来自民族和故乡。三十年前，我爸创立了一个民间非营利机构——昭乌达译书社，集合同道收集整理十二卷、几百万字的蒙古文学典籍译成汉文出版，是历史首创，他本人获得内蒙古文学艺术突出贡献奖金质奖章。对我爸而言，文化不是一个民族的花边而是它的筋骨血肉，它们是土地和呐喊，是奔流的大河与马的目光。我爸觉得蒙古族所有的诗歌、赞颂词、音乐与史诗都在描绘他那个小小的胡四台村，"没比的，太美了！"这个地方恒久如一，永远都"一样"。堂兄为我爸请来一位谈伴，是他岳父也是我爸小时候的朋友猫儒，他和我爸同岁。那几天，他俩头朝里躺在炕上唠嗑，面颊枕自己手掌，唠到吃饭坐起来，然后又躺下唠。猫儒耳聋，我奇怪他怎么能听到我爸的声音呢？

傍晚，我们看草原上的落日，看朝克巴特尔赶着羊群回家，看天上星星亮如敷一层薄冰。中午高温的胡四台，入夜凉意深重。我们回屋，听到我爸和猫儒在黑暗里谈话，声音像蝴蝶在夜里扇动翅膀寻找落脚的灌木。他们说马有多少种颜色和名称，说野浆果的滋味，说庙会。我爸说攻打长春的时候士兵的尸体垛成了工事，猫儒说苏联人在通辽把鼠疫患者装进麻袋里拉走。他们不开灯，小声说话，好像怕历史重演。过一会儿，我爸唱起歌——估计他们说到了一首歌，猫儒跟着唱，但他音不准，抢拍。我不知道，此刻世界上哪个地方还有两位八十六岁的老人躺在枕头上轻声唱故乡的歌曲？唱《小黄马》《嘎达梅林》，像他们小时候在河边唱过的一样。

我爸想出去走走但走不动了。他在院子里散步，用手指肚摸摸桃形的豆角叶子，摸摸开裂的马鞍的鞍桥，进屋，用胳膊支着窗台远眺。阿如汗诧异，无比健谈的姥爷咋不说话了？他不懂，他老了就懂了——人的语言在心爱的事物面前会谦卑地收拢翅膀。我爸心里有一幅胡四台的画，他画了八十多年还在画，添加他想象中的野花和飞鸟，加上一群长得稀奇古怪、他的重孙子辈的孩子们的面孔，还有马……他要一直画下去。

我妈的娘家亲戚

我先说几句

我妈是乌云高娃，即我爸说的"高娃同志"。当他一旦将我妈称为"同志"时，已不无愠意。当他放喉大喊"高娃奶奶"之际，已将整齐的牙齿粒粒咬紧，豹眼怒张了。我妈也有把我爸称为"爷爷"的时候，彼时我妈的委屈烦恼已经无以复加。因此，他们给对方戴上高得吓人的帽子，都并非出于礼让。

说起我妈的名字，人家总要问"高娃"是什么意思，因为在演艺界与传媒中，"××高娃"频见倩影。高娃，乃蒙古文言，即（尊贵的）夫人之意。蒙古语与法语、英语这些有贵族传统的民族语言一样，名词中含着敬称。高娃不仅是夫人，而且是尊贵的夫人。乌云高娃是谁的（尊贵的）夫人呢？是前骑兵中尉吾父那顺德力格尔先生的（尊贵的）夫人。乌云又有美丽之意。而那顺德力格尔，可以直译为：这个岁数（寿数与生命）啊，（像花朵般）盛放不已。雅译为"长庚"，俚译"百岁"可也。这是关于二位老人的姓名学训诂。

我妈的娘家即老张家，属于康熙皇帝（抑或乾隆皇帝）的女儿（抑或宫女）荣宪公主下嫁巴林王时，随行的七十二行工匠之一，据传是瓦匠。自清起，老张家世代居巴林右旗，大本营有两个，大板镇与古力古台河。

现在又出现一个问题，即我妈的族别。我妈坚定地认为自己是蒙古族，但并不否认祖先是随荣宪公主从关里来的。当我爸和我妈在政治上出现歧见时，他便轻蔑地将我妈称为"张家口的汉人"。

"为什么是张家口呢？"我迷惘询问。

"这还用问吗？"我爸比我更惊讶。我不作声了，但心里腹诽，还有张家界呢。我爸对我妈极不满的时候，又称她为"银金满金"，或"哈日勃虎口乃别仁"。前者是对满洲族人的一种说法，后者即"黑屁股巴林人"。过去（我说的是过去），满洲皇帝每年春天到蒙古草原例行"减丁"公事，把超过车辖辘高的蒙古男性儿童杀掉。因此，我爸对满洲皇帝即所谓"大清"的"康熙帝"之类人物很有些不满意。他对孙中山先生推翻清朝，包括冯玉祥将军把皇族赶出故宫，特别是韩复榘率先驱兵冲入紫禁城的革命行动无不快慰。关于"哈日勃虎口乃别仁"，我也搞不清是怎么回事，但巴林人民千万别生气，这纯属家父个人偏见。大约因为当年（也是当年），我父亲的科尔沁乡党嘎达梅林起义造反，被张作霖穿黑制服的士兵追杀，全体殉难于巴林边境时，巴林王没有援之以手。我告诉我爸："很简单，巴林王打不过张作霖，此事不足以使你切齿。"

我爸的牙齿比我之贱齿高级许多。吾齿疏淡不足观，弱不禁风的样子。我爸的牙齿坚实致密，愤怒时（譬如骂"四人帮"），咬紧牙关，并磨来磨去，咯咯有声。配上他目眦尽裂的豹眼，笔直略具鹰钩状的悬胆之鼻，以及盘膝握拳的样子，庶几壮士矣。而我说：早先蒙古骑兵在大沽口阻击洋人，一片开阔地，骑兵风驰前进。洋人枪响，蒙古人纷纷仆地。第二排骑兵复冲锋，再仆地；复冲锋复仆地。洋人害怕了，蒙古人仿佛不知道中弹而死是怎样一回事，但洋人终于不敢弯曲手指钩扳机了。这些人，我顿一下，严肃地告诉我爸，就是昭哲二盟骑兵，即我妈他们巴林人与你们科尔沁人。我爸的眸子在上眼睑缓游，嘴角下拉，仿佛看到了当年情景。还有，我说，赵尚志！从不改抗日之志。人家说，爹娘生我，天地养我，就是叫我抗日的。冰天雪地，弹尽粮绝，他手下只有两个随从，小腿绑着几千块钱，腰里别着勃朗宁手枪、镜面匣子各一。

我爸颓然靠在床头的被垛上，支起一个膝盖，双手绵软无力，闭目，先吸气，叹曰："嗨——"

我的近现代史知识很薄，但足以为我爸解惑，虽然做不到"传道"。我爸所求的"道"是什么，我也不清楚，但不是钱或官。但我妈有"道"，且坚定不移。他们俩都是新中国成立前被裹入革命洪流的共产党人，但常针锋相对，并因此诱发生活小事上的争执。简单说，我妈崇拜那些柔顺忠君的先贤，如雷锋与焦裕禄。她深知没有共产党，乌云高娃"同志"早冻饿而死，于是勤勉为党工作，荣膺模范称号之非常若干。她离休那天，仍将机关厕所的脏纸扔掉，走廊扫一遍，因为她这辈子就这样过来的。她情愿为党当牛做马，仍觉不能报答党的恩情于万一。常有老乡赶着驴车，拿杏、煎饼、鸡蛋或切糕，在吾家小区楼群间逡巡，打听"高娃家住哪儿"，盖因高娃有佛教徒般的心，常施善。

我爸或许更心仪刚烈，他爱憎分明，无论极"左"思潮、官僚政治或是虚与委蛇的做派都不能容忍。他有种婴儿式的新鲜纯洁以及自己不说假话也不许别人说假话的性格。

我爸对我妈的"奴隶主义"以及"假积极"颇不屑，我妈对我爸军阀式的盛气凌人亦很不满。他们本是在草原上蓬头垢面的蒙古愚童，革命使他们意气风发并饱经磨难。他们本不该生活在一起，他们的"生活"都"在别处"。但革命使他们邂逅于一条船上，这条船注定不可以停泊，不可以上下，直至忘川了。前几年，我父母因为琐事吵架，我爸心中忽生创意，怒言："高娃，我和你离婚！"

我妈当时手执吾外甥阿斯汉的奶瓶子，正生着气。闻此言，大笑，一边笑一边拭泪，拭右眼复左眼又复右眼。我妈大笑不能止，靠在墙上，脊背沿墙下滑，最后蹲在了地上。

我爸左肋左手紧持公文包，里面全是重要的急需翻译的蒙古文学稿件，怒问："你在干什么？"

他越生气，我妈越笑。我妈越笑越令我爸迷惑而越发气愤。

我妈边笑边擦眼泪，边摆手示意我爸不要说了。她把奶瓶子放在地上，捂着肚子，喘着气，试图平静下来并站起来。

这时，我爸已在屋里走了几个来回，切齿曰："不行，我必须离婚。"

我妈笑声顿起，越发响亮。

我爸错愕着，愤怒着，逼视我妈良久。无奈，掷公文包于床上，和楼下那帮退下来的县团级以上的（我爸比较介意这些）老头儿闲聊去了。

中午，我爸回来吃饭。两人沉默少顷，我妈又笑起来。我爸放下碗，怜悯地自语："你这个人是不是疯了？"

我妈顿时沉下脸："我疯了，我看咱俩是有一个人疯了！"然后我妈说出我爸提出离婚之太可笑处种种。儿女都长大成家立业了，这个爹和这个妈在他们那儿都不可分离了，连孙子那辈都不认可了。你离婚无非上孩子家住去，或你住这儿我来给你做饭，你能离了吗？非上街道领离婚证明吗？你领来了吗？

我爸困难地思索着，他方知他与我妈只是一棵树上相邻的两个枝杈，这棵树已深入土地，儿孙之类盘根错节，想分也分不开了。问题是：我爸这枝杈忽然不想挨着我妈这枝杈了。我妈这枝杈也并非情愿挨着我爸之杈，她知物理如此，便不做他思。我妈说："等咱俩死一个人，婚，不离也离了。"我爸闻此语，竟很震惊，从此不提此事了。

我爸之离婚要求，并无第三者或财产的想法，只是对我妈的一种较新颖的谴责说法，如抗议之类。在我妈看来，这过于荒谬因而也太幽默了。

我爸的笑话还有其他。譬如他熟睡时，电话铃响起来。我爸睁眼，慢慢坐起来，瞅着两米外的桌上的电话说："喂！"电话还在响，我爸仍说"喂"。此景为我妈进屋所见，又笑弯了腰。另有一次，我爸穿风衣，戴呢礼帽，夹公文包出去了。出书房折入卫生间。出来后，摘礼帽、脱风衣，复躺在床上。我媳妇见此大笑，问："爸，你上厕所还夹公文包干吗？"我爸大窘，顾左右而言他。我想，他每日想一些翻译的事，以至公事私事不分了。还有一次，他在家宴上大谈自己在辽沈战役的事迹，我们早已熟知，便埋头吃饭。忽然，小女鲍尔金娜惊喊："爷爷！"我们抬头看时，他老人家以半截烟头蘸大酱若干，正往嘴里送。辽沈战役伟哉，令我爸不分大葱与烟头了。

近年，我爸与同道办一家昭乌达译书社，承赤峰市委市政府帮助，翻译出版蒙古族民间和古典作品多种。他们并不图钱，但已豁出了老命。问世著作如《蒙古族历代诗词选》《蒙古族情歌选》《蒙古族民间故事选》等。

我妈不是翻译家，也没参加过辽沈战役。她离休后，看我姐的二儿子，做家务。近年说想做点买卖，即给别人的"买卖"站个柜台什么的。这工作并不好找，因为当今站柜台的多是美艳小女子。她想念我们时，便翻影集。晚上一边看电视一边埋头打瞌睡。俟电视节目结束，她完全精神了，到厨房去干活。

说到我妈的娘家亲戚，地理位置需要交代。老张家发祥于巴林右旗，家族中有出息者（即内蒙古参加革命的人）就离开故里去了外乡，最远的在呼和浩特，即内蒙古自治区首府，或者在赤峰，即昭乌达盟首府。在卧蚕状的内蒙古地域中，我妈的远在呼和浩特的娘家亲戚返乡必在赤峰我家的中间站逗留几天，因而他们的行状被我熟知。

在沈阳明朗干净的秋空之下，想到我妈的娘家亲戚，是一件有意味的事情，以下分述。

大姑姥爷

我第一次见到大姑姥爷时，他八成已六十岁了，柔软的下嘴唇松弛垂下，牙齿寥寥可数，"咝咝"地吸着气，表达谦恭。

大姑姥爷的下唇很像阿拉法特的下唇，微笑而耷拉，但前者毫无心计，更不知戈兰高地及其他。当我看完一位美国人写的《阿拉法特传》之后，在心里对这种比较很后悔，这对大姑姥爷近乎一种冒犯。我大姑姥爷是一个对世事混沌无知的老婴儿。与之交，如《大学章句》称："如见其肺肝然。"他对猫说话，对马、牛、驴，甚至向日葵和车轴辘说话，采用不同的腔调。

譬如，当猫偷了一块肉在角落里以双爪捂着，嘴里发出威胁性的"呜呜"声时，大姑姥爷在炕头欠了欠屁股，用尖细的腔调对猫说：

"哇啦嘛！咱们的猫先生何等英勇……"

他故意用文言的蒙古语来赞美猫。而"哇啦嘛"是什么呢？奥妙的语气词，很难翻译。譬如，你看到庄则栋跃起，用正手扣杀第二十五大板时，可以惊呼"哇啦嘛"，表示不可思议、敬佩与赞美。同样，另一位球员以大幅度的优美姿势抽球，球漏了，球员却跌倒。你亦可淡淡地说"哇啦嘛"，讥讽有了，怜悯亦有之。此语与李白《蜀道难》首句"噫吁嚱"仿佛。

当大姑姥爷和菜畦子里的草花——指甲桃或芍药——说话时，嘴唇如小孩一样噘着，仿佛非如此不可与花沟通。他咕嘟着嘴，对花朵喃喃自语。倘花在风中微动，大姑姥爷感动地仰起头，闭着眼睛说："佳！佳佳！"意思是"行了，行了，好了好了"。像看到小孩练步或小叭狗为他表演钻圈。

显然，这都是大姑姥爷微醺之后的形状。他喝多少酒都是半醉，从一盅到一斤，陶然着。醉不透也醒不来。当家里的人都走了之后，大姑姥爷蹑足下地，从三节柜下拎酒瓶仰脖喝一口，喉结上下蹿动两到三下。抿嘴，上炕，盘腿坐下，环视四周，下唇耷拉渐渐笑了，说："佳!"这个"佳"，意思为"就是这样"。他用皱纹密密包裹着的小眼睛笑着，对一切无不赞美。嘴唇翕动，但不成句，然后还是"佳"，如此而已。

大姑姥爷的名讳我记不清楚了，但姓郑。老郑家与我妈的娘家老张家有着千丝万缕之联系。如果说，史笔不溢美亦不隐恶，那么我应该在这里说大姑姥爷这辈子没多大本事，恐怕也可以称之为"窝囊"。当然他自己并无窝囊的感觉，只是别人觉得他窝囊。

晚上，当全家人攒集炕上，在煤油灯光的飘忽里探讨治家大计时，大姑姥爷柔软地蜷在炕头，兴奋好奇地听别人发言，"嘤嘤"地吸着气，表达敬佩。但他从不用脑子思想这些主意的利害，只认为一切无不完满。因此，可以想见他在家里没有地位，况且他酒后喜欢像外国绅士一样亲吻女性晚辈的手背，譬如我母亲乌云高娃、他的小女儿斯日古愣、二女儿乌云陶格斯、我姐姐塔娜的手背。他毫无邪念地将干燥而"肌无力"的嘴唇轻印在他视若珍宝的"伊"们的手背上，然后喃喃。

这就是我大姑姥爷。然而他并非弱智人士，他赶车、牧马和盖房子的精细手艺证明他不是傻子，而只是太诗人化了。

说他善良也不准确，因为他不知道怎样不善良。我见过他和老牛贴脸，即把自己褐紫的面颊贴在老牛的脸颊上，嘴里倾吐什么。他还用双手捧着江西腊的花瓣，用嘴亲吻；手指空中的蜜蜂，用尖细的嗓音亲昵地骂它们。

在大姑姥爷的脑里（准确地说是心里），没有是非、善恶、美丑或利害，他一恭顺，周遭俱高大起来。他不是辨不清利害，也不是不屑辨利害，而是利与害或美与丑对他是一回事。譬如一只蚊子把大姑姥爷从醉寐中叮醒，他睁眼看到蚊子修长的高脚、精巧的翅膀网络及努力吸血的动作，他几乎要同时斥骂、嘲笑和钦佩这只蚊先生了，痒与血的损失是另一回事。

在蒙古男人中，大姑姥爷是比较不"蒙古"的男子。他骨骼瘦缩，又无霸悍气。在家里，大姑姥是至高无上的君主，永远腰身挺拔地发号施令，现在叫决策。大姑姥名红兰，白发苍苍，面色威严。你感到她身边应肃立几位脸上涂有牛血与白垩土手攥长矛的南太平洋猎手。在过去的牧区，养家糊口何等不易！大姑姥爷不干什么活计，一年只去坝后拉两次青盐，其余时间俱赋闲与诗意。牧马的苦活由大舅昭日格图完成，放牛放羊的劳动由乌云陶格斯承担，大姑姥和舅母挤奶、熬茶与料理家务。这一切不过勉强糊口而已，全家人都在挣扎。但大姑姥爷在挣扎中却觉不出挣扎。他不只是诗人，也是哲学家，因为他对生灵太感兴趣了。一只燕子从他眼前飞过，会让他注视并思索许久，最后放松下唇，露出东倒西歪的几颗牙齿谦卑地笑了。拿喝酒来说，他把酒瓶放在紫檀木炕桌上，拉开架势端详它，用最粗野的话骂，然后揣进怀里，复取出"吮"地放在桌上。这还不哲学吗？刘项睚眦，毛蒋谈判不能出其右矣。

一九六九年，因"文革"的原因，我家处于最困难的时期。家父被关押，生死未卜，家母亦停职反省于"毛泽东思想大学校"。家母刚强，越是这时，越要把家里收拾整洁，而且请客人来住。大姑姥爷在那年冬天，从巴林草原蹒跚来到我家。他矮小畏缩，白天背剪双手观看风沙蔽日的赤峰街景；晚上坐在铺着新床单和塑料布的炕上饮酒。我知道，他酒后很想哭，因为担忧我父亲的命运，那时打死人的消息不断传来。但他不敢，因为我母亲的刚强有如大姑姥的刚强，不允许他落泪。他愁苦极了，拉着我母亲的手，用另一只手抚摸她的手背，然后次第抚摸我姐和我探出被窝的头，我妈像雕像一样无动于衷，大姑姥爷小心地叹息。

在我家，他把那双绣着云子的蒙古靴子脱在离炕很远的红箱子前，摆正，然后踮脚趋步上炕。转身抬脚，左右手分拂脚底板。再拍手，盘腿坐下。这一行径，每次使我妈转身发笑。大姑姥爷以最大和最烦冗的礼仪表达对主人的尊重。因为把鞋放在炕下不礼貌（他认为），而拂脚与拍掌已臻清洁境地了。

"干净啊！"他常夸赞我们家，"连吐痰的地方都没有。"

大姑姥爷喜欢读书。这种喜欢近乎崇拜，即对书本和字母的崇拜。在大姑姥爷家里，一次我看见他从炕上飞跃下地，从柜里拿出一个红绸子包裹放在桌上。他在铜盆里洗手罢，手心手背在前襟擦好，以指尖拈绸布打开，取出一本精装书，玛拉沁夫的《茫茫的草原》蒙文本。他随便翻开了一页，借窗户亮光念起来，音节之间停顿很长。

"何……勃勒，蛮聂，其……格日，恩……乌……德日，包勒……"（"不然，我们的军队，今天就……"）

他至多念上五分钟，就心满意足地合上书本，眼里光芒四射，把书包好，放回柜里。他这时粗野地骂我一句"额何敖孙聂乎（约为——狗日的小子）"，然后大笑。

前年春节回家，和我妈闲聊。我读《赤峰日报》，她戴老花镜缝什么东西。我说："你大姑姥爷死了。"我"唔"了一声。因为这不算新闻，二十年前他就六十岁了。半晌，我妈没言语，抬头看，她泪淌了一脸，因为抑制哭声而颤抖着头颈。我愕然了，但终于说不出什么。

大姑姥爷太微末了。当阳光射人时，我们打扫房间，会在光线的斜柱里发现许多尘埃像闪亮的颗粒下坠。很快，一颗（也许算不上"颗"）尘埃落定了。这就是我大姑姥爷的一生，无所增减，对谁或什么都无所惊动。他如此散漫认真地活了一生。大姑姥爷对利害糊涂，但精明者虽深通利害，又焉知此时利乃彼时害，今日是却明日非呢？大姑姥爷对美和生命多么认真，倘若上帝突然下谕，说人在活着的时候笑声最多的人可升天堂，大姑姥爷就有福了。

在城市，在人对人都不肯微笑的都市，上哪里去找与蜜蜂谈话，与花瓣亲吻，以及抱着老黄牛脑袋贴脸的大姑姥爷呢？

大姑姥爷，我真的很想念你了。

宁丁舅舅

宁丁的眉毛生得平直，像用格尺比着画的。眼睛细长，亦平直。他的嘴削薄，抿成一条线，而鼻管垂直而下。倘用毛笔蘸浓墨在他鼻侧唇上点一顿点，这张脸就念"国"，因为宁丁的额角、两腮及下颚均方正。

然而宁丁在起名字时，并未参考"国"字。蒙古人将国家叫作"沃勒斯"，一种游动的感觉，不像"国"字，恍惚文王因于羑里。

宁丁是我舅舅，我母亲二姑姑的长子。对吾母的大姑二姑，我们分称"大板姑姥姥"和"呼市姑姥姥"。大板，非日本城市或新疆的冰川，是吾母祖籍巴林右旗的一个镇。呼市即呼和浩特，为毛延寿所误的王昭君埋在那里，最主要的，它是内蒙古自治区的首府。

宁丁长我三或四岁。在我由儿童转入少年的时期，宁丁是吾偶像。我崇拜他的尚武精神、口若悬河的表达才能与化险为夷的杜撰力。少年人，谁都喜欢言说怪、力、乱、神，言者与闻者都不囿于事实或规律，因为这是闲聊激励神往憧憬。然而，在高潮迭起之后，能妥帖收尾就让人服膺了。

我们家西屋——盟公署家属院的房子俱两间，一东一西——冬天不生火亦不住人，炕上置放结白霜的黏豆包和羊腿，墙上糊有《昭乌达报》蒙文版的报纸，竖排如龙蛇的蒙古文字母间，偶尔有一两张新闻照片，是毛泽东与林彪向城楼下的什么人笑。毛的笑容宽广无遮拦，林笑起来羞涩勉强，像哪儿疼。西屋还有耗子，在秫秸与纸扎的天棚里窸窣，炕洞里有我私藏的日本刺刀一把，火药枪与弹弓各一。冷风从窗户嗖嗖往来。万物皆备于我，开始吧。

宁丁与我都很冷静，虽然这是一场（描述的）酷烈战争的前夕。当时他约十二岁，从呼市来我家过春节。宁丁眯起眼睛——只有眯起眼睛才能透过硝烟看清阵地——双拳在胸前剧烈抖动起来，鼓起的腮帮子频出"突突！突突！突突！"的机枪扫射声。这是那种重机枪，带钢板（即夏伯阳指挥的那种）；后来我知道此为"马克沁重机枪"。突突！宁丁对着我家西屋的东北角扫射，他最擅再现战争场面，尤其是正规战争。他浑身因扫射而战栗——重机枪很难驾驭——表情惨烈之极但绝无惧色。不消说，这一阵儿两千发子弹殆尽，但子弹有的是。我深受感染，以两手在他身边传递，表示托送裤腰带式的子弹链，电影里的重机枪均如此。他挑剑眉瞪我，大吼："别管我，你指挥三营坚守……突突……二一七突突突突高地。"我说："是！"并坐在炕沿上向他敬了一个礼。原来他的重机枪不需续子弹，但三营在哪里？但我，如孔子说的"白刃可蹈也"，不管有没有三营，我必须守住二一七高地，便端起三八大盖"啾啾"地散射，不料！宁丁杀得性起，边射重机枪边腾出右手，自腰间掣手榴弹一枚，咬去导火索远掷。"吮。"宁丁在其"吮"中并不减少"突突"的频率。我抬眼看墙东北角的敌军，虽千万人，俱尸横遍野矣。后来，他索性弃掉重机枪，双手齐掷手榴弹，拧盖，咬导火索，前掷及"咣！咣咣！"极为麻利，而且掷出数量必与"咣"声相符。最后，他双手像抱一捆葱的样子，粗粗一系，即集束手榴弹，用尽气力咬导火索并推出去，嘴里发出前所未有的"咣！"声震屋瓦。

"怎么啦？"我妈突然拉开西屋门，手拿铲子，外屋传来菜在锅里的吱啦之声。太煞风景了，我赌气不语。多么好的战争在高潮处竟被如此俗妈所掣肘。宁丁临危不乱，做出叵测的样子，对我妈说："你的，八路的干活？"我妈左右观察并无异常，说"别瞎闹"，关门走了。

战争，若想再继续已经不能了。宁丁坐在炕沿沉默着，突然鄙夷地瞅我。他始终鄙夷我，但丝毫不影响我追随他的兴趣。"你——"他傲慢地问，"知道加农炮吗？"我卑微地摇摇头。一九六八年或一九六六年，宁丁已知道加农炮、榴弹炮、山炮、T34坦克，这不是大师吗？而我，只知道三八大盖、日本战刀和迫击炮。

我突然想起我爸说狗牌橹子很高级。"我爸说狗牌橹子……"

"屁！"宁丁断然驳回，而且说我爸说的是屁。我痛苦地忍受着他的无礼。一九五五年我军授衔时，宁丁他爸是少校，我爸只是骑兵中尉。"最厉害的是加农炮！"他说，用右臂代炮管剧烈伸缩，"咚！咚咚！"声音弱一些了，怕他姐即我妈干涉。宁丁的眼睛进一步眯起来，估计是炮崩的尘土所致。

"你整吧！"他或许累了，让我搞一场战争。说起来惭愧，我真没有经验，只会鬼子进村这一简单功课。鬼子战斗帽下飘着破抹布一样的玩意儿，平端三八大盖前进。嘴脸要凶恶些，突出鼻下有一撮小胡的意思。

我下地，做前进状，口哼"鬼子进村"旋律。

顺便说，上面这段旋律是七十年代的中国小孩人人熟知的旋律。我们盟公署家属院的骁勇子弟用石块攻打辽河工程局家属院、气象局及外贸家属院的逆贼时，都高歌此曲，所向披靡。

我整了几个来回，宁丁又鄙夷了，说："不堪一击。"他十二岁就会说"不堪一击"，我听着像外国话一样。

这是那年冬天的事。宁丁要走了，我有些悲伤，没人鄙夷我，我也没人追随了，伟大的战争场景离我而去。在他身上，我得知自己不过是个日本军曹或伍长，所操日式步兵战法而已。而宁丁（汉名赵喜龙）是伟大的朱可夫与华西列夫斯基，能指挥多兵种协同作战。虽然，宁丁有一次喝多了果酒，祸害我爸的脑袋和耳朵，说我爸是"那大头"。我和我姐塔娜几乎下泪，但不敢言声。我爸是他姐夫，他有权破坏吾父尊严。吾父哈哈笑着，我爸这个人一遇窘境，便哈哈而笑，声音响亮干涩。宁丁走时，答应在北京给我买一个牵线的木偶。我最喜欢木偶，因为我儿时不与任何人往来，倘有木偶，就有了伙伴与救星。在车站时，我怯怯说："舅舅，木偶……"

他不耐烦了，说："别婆婆妈妈的。"

我等了两年，木偶没有寄来。

正是挖"内人党"进入关键阶段的时候，他我两家都陷入灭顶之灾了。

三年后，他父亲和我父亲在运动中都得以苟活下来，我独自去呼市看望宁丁、姑姥姥与姑姥爷。我那时约十二岁，一是心仪宁丁风范，二是吾母深受留洋的外祖父的影响——一定让孩子见世面，就去了。

宁丁的家住在新城西街，有窗轩开阔的四间青砖房子，邻居为作家玛拉沁夫。宁丁之父，我姑姥爷是蒙古史专家义都合西格先生，他对北元史尤有研究，曾租住颐和园的房子写出专著《英雄陶格套传》。姑姥爷是骑兵五师的人，骑五师的人在"文革"中饱受折磨。这个师有中国的骑兵将领高万宝扎布、王海山、奎壁等人。我献给敬爱的姑姥爷一瓶"威士忌"，他甚满意。

我在宁丁家里小住时，发现他变了，谦恭温和，虽不藐视我，但隔膜深矣。原因在于他弃武投文，跟内蒙古歌舞团首席提琴家胡赛乐（音译）学拉小提琴，并学英语。我很失望，小提琴与英语，离我们共同的理想远甚。他说英语就是"盎格力士"，问我学不学。我不学，因为这是异域的陌生的语言。而小提琴，他从早到晚都在拉《牧歌》，乏味。但后来我想，宁丁在"文革"中学小提琴与洋文，实在是英才所为，尽管这比我所认定的作为杰出将领的地位逊了许多。在宁丁家里，我在姑姥爷的书房里读了许多有趣的书，如《一个预审员的笔记》等。我还偷喝书房里的酒，实际姑姥姥已经发现了，但没言声。后来，我偷斟过量，满面红光地高谈阔论，他们微笑着。我十二岁，是干一些坏事可以原谅的年龄。临走，宁丁与我到乌兰信特剧场观样板戏《奇袭白虎团》，他说内蒙古京剧团的李小春先生演的杨子荣，实在比童祥苓演得要好。在当时，这都是反动话，因此要偷着说。

回赤峰，我给他写过信，他回信说"不要写'赵喜龙收'"，因为没有人知道赵喜龙是谁。后来，信少了。小时候，我会写的字很少，一个"舅"字很令我头痛，不易分清它与"鼠"或"鼻"的区别。

又过了许多年，我自赤峰调入沈阳后，去呼市拜访宁丁。他已是内蒙古广播电台汉语新闻部的主任，性情宽厚大度，很像姑姥姥。我在他家里喝了一瓶酱釉的茅台酒，宁丁沉默地微笑着，脸颊酒窝现矣。但他涓滴不饮，看我喝酒，并听我夸夸其谈，人真是怪了，宁丁沉静厚重，我却饶舌了。他岳父是内蒙古自治区政府的高级官员，此酒即他岳父的家藏，比白瓷瓶茅台滋味甘醇许多。我喝了一瓶酒竟不醉，下楼矫健骑车，甫出几步仆地。抬头看，竟不认识此处为何处了。我问楼前老妪："大娘，这是哪儿呀？"她反问："你要到哪儿？"

我无计环视，发现大门在身后。我竟摔了一个一百八十度的转折，眼角擦破了。回招待所，对镜观看伤口，自语："喝这么多年酒，还未在脸上留疤呢。有一个甚好。"

宁丁夫人貌美贤良，名苏丽娅，女儿现在该上初中了。宁丁的弟弟，亦是吾舅德力黑，是电影放映设备方面的技师与负责人，对我友善，承赠笔砚及从国外带来的礼品。我与他们多年未见了，宁丁亦赠磁化杯与蛇皮领带给我，比木偶贵得多。近年我敷衍短文糊口，竟被亲戚看成是一种出息，惭愧。德力黑的妹妹名小妹，亦结婚生子。

日前，家母来信说姑姥爷（宁丁的父亲）患中风，因医疗费不易解决，到伊克昭盟（今鄂尔多斯市）住院。他曾任那里的文联主席。

这都是我不愿听到的消息。除了疾病之外，多么想听到老人们的好消息啊。

其木格姑姥与其其格姨

其木格，是我妈的二姑。但我妈并不叫她二姑，而叫"其木格姑姑"，对我们则称"你呼市姑姥姥"，区别于"大板的姑姥姥"，即"大姑姥姥"。

其木格姑姥姥（下称姑姥姥）与我母亲乌云高娃、其其格姨三人，年龄相仿，一起投身革命。她们辈分虽不同，但当时盖着一床被子睡觉，喊喊喳喳，亲同姐妹。如今她们都老了，依吾观察，可做如下结论：她们一生颠沛流离，关系密切，分别对党和自己的家庭做出有益和重要的贡献。

姑姥姥轩昂。她是宁丁的母亲。我曾说宁丁之相横平竖直国字脸，是因为姑姥姥即此貌，但妩媚若干。她举止如白鹅，我说的是丰子恺笔下的白鹅，端庄，有板眼，喜独行，富将军气概。

按说人老了，应该寄居某家，大儿、二儿或女儿家。姑姥姥似乎并不定居谁家，无论宁丁、德力黑或小妹家。她或许住几天，只几天。大部分时间在街上缓行，也不锻炼，只是旁若无人地缓步走，手里拎个兜子。兜子里倘有烧饼（呼市称为"贝子"）或廉价汗衫，也是她出于兴趣所购。

她说话慢条斯理，对国事不插嘴，对家事尤其涉嫌是非的家事尤不插手。她也许认为，健步悠游于呼和浩特宽阔的大街上，比卷入纷争更佳。

那年我去呼市，住在德力黑舅舅在电影公司的一间闲房里。每天一早，姑姥姥已来到，为我煮牛奶，端一盆新鲜的"贝子"。我由于习惯不吃早饭，便只喝奶而未吃"贝子"。

姑姥姥掰开一个"贝子"，送到我鼻下，说："你闻，香么？"我说"香"。姑姥姥沉静一笑："那你吃吧。"

那些天，我每天早上都吃到两个新鲜"贝子"。

我十二岁那年去呼市时，临走由姑姥姥送到车站。我第一次被人送到车站，姑姥姥站在车窗前的雪地里，等着车开。我第一次尝到与亲人分离的悲楚，车一动，手伸出去却被玻璃阻挡。雪落在姑姥姥脸上融化了，她脸色光润新鲜，眯着眼向我摆手，口中说出的话被车轮声压住了。

今年夏天，我妈因为家族间的某种隔膜或误解在心里绕了个疙瘩，每日郁郁望着窗外。家政废弛，我们焦急，怕她弄出病来。这时，姑姥姥和其其格姨从遥远的呼市抵赤峰，开导家母。姑姥姥说话都是高屋建瓴的口气："高娃，你该如何如何……"大意不外是应该超脱自救。我妈并非不通道理的人，但寻常道理，只有从她尊重的亲密的长者嘴里说出，才能冰释矛盾。我很感激她与其其格姨的友情访问。

那几日，姑姥姥见父亲肺气肿，上街买了一件T恤衫和一包戒烟糖。T恤衫前胸后背画着滑稽的卡通漫画和"我要戒烟"的大字。

姑姥姥对我爸说："那顺，你穿上这个，就把烟戒了。"我爸于是穿T恤衫出没稠密街衢，熟人纷纷注视，他一星期未吸烟。

姑姥姥刚走，我爸立即脱下此衫，颇不满。我妈说："那你为啥穿？"

吾爹忧虑倾诉："姑姑让我穿，我哪能不穿？"

家父已逾六十六岁，其憨直可见一斑。他脱了戒烟衫后，当然又大吸其烟了。

其其格姨是我妈的伯父的独生女。此姨年轻时漂亮得没有办法，是盟文工团的。我妈起初也是文工团的，后来不知什么原因不是了，我认为是因为不及我姨漂亮。那时候（即我小时候，我姨年轻时候）她穿一件浅灰色的大翻领西服、高高挺着胸脯，傲慢而美丽。在赤峰这样一个小城市，我姨是明星。赤峰虽然小，也有盟长和司令一类的长官，北京或内蒙古来了更大的官，盟长或司令就请我姨到宾馆跳舞。她还拍过电影，是什么电影我就不知道了。

后来，其其格姨到赤峰七小当音乐教师，这是使我心花怒放的一件事。我一年级，其其格姨进来上课，全体学生"哗啦"起立。我分视左右，他们为我姨起立，不亦快哉。坐下。我姨教我们唱歌。"我们走——在大路上——，唱！""我们走——在大路上——"这时，我唱的声最大，我要使劲唱！每个乐句，我都抢唱半拍，别人唱完了，我的延长音还在教室回荡不已，因为这是我姨教的。你们有姨吗？我坐在第一排，目睹其其格姨穿高跟鞋起伏踩踏风琴，双手飞掠键盘。她有时以眼神递我——倘若我声音过大或拖音太长——眼神中带着忍俊不禁的笑意和责备，这时我的歌喉愈加响亮，因为我姨不仅是我姨，而且看我。那时我最爱上音乐课，铃响之后，我屏住呼吸等待其其格姨走进教室，她美丽矜持地扫视大家，目光最后必落在我身上。幸福呵！我虽然只有一年级，但那一瞬间，心里像鲜花像爆竹一样开放啦！况且我姨脸上总含着若有若无的笑意。"美丽的哈瓦那，唱！"多好。下课时，我对同学们说："我姨要是不教你们，你们根本不会唱这个歌！"彼等无不诺诺。这是我姨，知道不？

后来，我姨到了锡林郭勒盟。我在学校也只好陷于平庸。

其其格姨聪明、好胜，但命并不好。离婚后，她在锡林郭勒盟与一位多子女的军队干部结婚。我这位姨夫名叫布和，厚道善良。为了拉扯他那么多的孩子，我姨大约吃了许多的苦。

她的前夫在赤峰，我们全家下放五七干校的时候，曾与他在一个连队。我一般避免和他交谈，倒没什么仇。只觉得亲戚不复亲戚，谈话便无趣。他左肩胛突兀隆起，属于单侧驼背，据说是拉小提琴造成的。一次，他慈蔼地对我笑，说："原野，你小时候很聪明。"

我不大高兴，因为这种亲近试图恢复某种不宜恢复的距离。他已再婚，妻子是京剧花旦，也在我们连，每天吃饭都在一起，他又说："你四岁的时候问我，杨树叶为什么是圆圆的，柳树叶为什么是长长的？"

当时我十二三岁，是半大小伙子，很难堪于别人提儿时的事情。再说，我现在快四十岁了，仍不知杨树叶之圆圆或柳树叶之长长的原因。

他还说："你小时候特好玩儿，大脑袋、罗圈腿。"我只好硬着头皮听下去，我知道这并非诬我。我儿时的确像他说的那样。但他的怀旧令人不安。此公当时初得儿子，名大鹏，干校的人起名"座山雕"。前几年我见到了大鹏，英武相，用沈阳话叫"有样儿"。可惜大鹏的父亲，即我姨的前夫几年前患脑溢血去世了。

我姨和姨夫在锡盟离休后，迁至呼市的部队干休所。前几年，我由宁丁舅舅陪着，去看望其其格姨。到了她家楼下，我锁车往里走，宁丁说："你姨在这儿呢。"

我转身看，一个枯瘦的蒙古老太太，笑对着我。我真不敢信，其其格姨当年神采飞扬的样子哪里去了？她的骄傲、矜持和美丽全都被岁月淹没了。我真奇怪（我的奇怪不止一次了），那些蒙古妇女无论当演员或官员，无论进北京或呼和浩特，到晚年无一不像牧区的从未走出过艾里（村子）一步的蒙古老太太。我感慨于岁月真是风刀霜剑，把一个美丽女人的汁水全都戕尽了。我其其格姨，眼窝的皱纹和脸上的皱纹密集太多，我想就是用鞭子抽用刀砍也不会使一个优雅丰腴的女人如此沧桑。而我又高出她一头多，竟不知所措了。二十年，也许是二十五年未见其其格姨。在她家楼前，我不禁失声痛哭。

我一边流泪，一边走进她家的小楼。她家甚好，楼中有楼，归一家住。我坐在沙发上，只觉得需要大哭，一洗襟怀，把什么东西哭出来，我姨静默着，略有不安。宁丁舅舅尊重地看着我哭。哭过，说了几句话，要走。我姨上楼取姨夫毛料裤子送我，收下了。出门骑车，回头看其其格姨瘦小的身影，泪复下矣。

又有好多年没见她了，这个岁月。

黑姥爷、一中姥爷以及倒抽气的亲戚

在我妈穿梭往来的娘家亲戚中，有一位高额凹眼，是我妈的表弟或表叔。那年他由呼和浩特去呼伦贝尔探亲，在我家住过几天，是远极了的亲戚。

他很平凡，我姐和我经研究认为他没什么趣味。但后来，即他启程那天晚上，让我们开了眼界。他的笑很特别，向里吸气，隔一会儿引吭"咯"的一声，想必肚里的气过多了。这种笑，应该说有悖于常理。一般人都是提气，胸脑共鸣，声带振动：哈哈哈，或哈哈哈哈。而他属于"倒笑"，抬头，张嘴，颤抖着向里吸气。起初，我姐和我略觉恐怖，因为他吸气时没有声音即笑声。这种光颤抖而无声的笑法，在十五瓦昏暗灯光的夜里，不能产生美感。而间隔性的母鸡打鸣似的"咯——"，又使人感到意外。

还有，他这种笑不容易停下来，一般要笑很长时间。我分析，其吸气与换气之"咯"要在肺里形成供氧平衡，但平衡不了，就必须笑下去，使"咯"的间隔减短，渐渐平息。

那天晚上，他因为什么而笑，我们已经忘了，总之，他的谈话对象吾爹吾妈并没有刻意讲幽默故事，让他步入这么艰难困苦的笑境，像马车轱辘陷入烂泥里一样。

我和我姐互换眼神，极愉快，然后放声大笑。这下毁了，他刚停下来的笑又开始了。他挺胸，手捂肚子，耷拉着眼角开始笑。吾爹吾妈也随之解颐。我们放肆地尖叫起来，太好了！他"咯"的间隔变长，脸色憋得酱紫，用手势痛苦哀告，请我们停止这种为笑而笑的笑。我父母立刻噤口，并用目光凶狠地命令我们闭嘴。屋里静下来了，他缓缓地吸气，自己笑，"咯"的声音弱了，停下来。

我爸对我们俩说："出去。"

出门时，听我妈对他说："你这样笑有危险。"他用拳堵着嘴，默默点头。

我爸说："睡吧！"他又点点头，并不抬头。

在被窝里，我和塔娜（即我姐）议论他，蒙着头哈哈大笑，认为他可爱绝伦。

早晨一醒，我们就打听，那个亲戚呢？我妈说，你爸送他去车站了。我感到这令人惆怅。

"他为什么倒抽气乐？"我姐问。

我妈严肃正告："人家就那样，以后不许你们这么没礼貌。"说完，她竟笑起来，我俩齐声迸发大笑，我妈笑出了眼泪。

此后的几天，我和塔娜一直在议论他并模仿他的笑法。不幸，塔娜竟染上了这种笑中恶习，改不掉，直到现在；虽然程度上比这位亲戚轻一些。

"笑话别人的缺点，早晚吃亏。"我妈说。

"黑姥爷"是我妈的娘家表叔，名胡古巴日斯，意谓"青虎"。"黑姥爷"这个名是我们起的，后来我妈我爸也这么叫。

他脸黑，嘴唇厚，慈祥而沉静。他是一个懦弱善良的好人，在海拉尔的新华印刷厂当了几十年厂长。他缄默着，一辈子没拿过脏钱，没抱怨过生活，没说过别人的坏话。外表很像长期在东南亚丛林作战的军人。

他是我母亲亲近和尊敬的亲人之一。前年他和老伴（我称黑姥姥）来赤峰做客。临走，天凉了。我妈把我发的一套军用棉衣裤送给他，他竟很感激。我倒不好意思了。黑姥爷不穷，也不缺衣物。受人涓滴而感激，是我妈她们老张家人的共有特点。

一中姥爷，即在赤峰一中当过教师的胡和先生，他也是我妈的表叔。他家是我家在赤峰街里唯一经常走动的亲戚。这种亲戚关系也许不十分近，但感情很深。一中姥爷个矮敏捷，小眼睛但满面笑容，是一位教育家。一中姥姥是心灵手巧的资深护士长，她对编织、烹饪及布置家庭无所不精。过去，我们在一中姥爷家常吃到好吃而且好看的饭菜。

一中姥爷姥姥比我父母均小几岁，但每逢年节，我妈必张罗礼品去探望他们。大年初一，当我妈踩着凳子，从壁柜里取出点心匣子和罐头时，我们知道要给一中姥爷拜年了。她让我们先去送礼请安，自己单独去。蒙古人对长辈的尊敬是绝对不容搪塞了事的。我妈在给一中姥爷拜年时，仍要行屈膝礼。一中姥爷坐在沙发上，笑呵呵说："行了，坐下吧。"我妈才落座问候。

我妈这一生的不幸太多了，不幸之一是缺少长辈的抚爱。我外祖父很早去日本读书，我妈的生母没等新中国诞生就咽气了。她是在革命大家庭里长大的。如今她已老了，但渴望奉敬长辈的心情却愈加强烈了。我现在才知道，童年缺少的父爱，竟是一直到老都试图弥补的一份心情。她执意恭顺侍候自己的每一位长辈。今年十一月，她要和我年迈的父亲去拜候远在兴安盟的外祖父去了。

照片和木梳掠走的时光

我爸在报社工作时，请摄影记者到家里来照相（但记者更愿意说他是在摄影）。我家因此比别人家多出一些黑白照片，镶在镜框里。

摄影记者名字叫杨义，他三十多岁就叼一支烟斗，细眼，脸常带笑容。被杨义摄影要具备胆略，他左手高举闪光灯："别动！"低头看徕卡相机的取景框："别喘气！"杨义眼睛眯得越细，越表示他真的要摄影了。"啪！"闪光灯爆响，炫目之光直取人面。

我们每次都吓一跳，脸可能吓白了。闪光灯爆裂的声音很大，它用短路的方法放射照相需要的一丈光芒。杨义微笑着，关上徕卡相机厚厚的皮盖，叼起烟斗，我爸划火柴替他点烟斗。

照相时，杨义让我们笑："就像我这样。"他嘻嘻笑着。我不知道（现在也没弄明白）照相为什么要笑。我家照相之际，窗玻璃上堆满向屋里张望的脸庞，大人或小孩的脸。他们严肃地、惊奇地观看照相或摄影的全过程，而我们虽在笑，其实连哭的心都有了。闪光灯"啪"地爆响后，窗外趴着的人逃走一多半，我姐吓得钻进挂蓝花布帘的高桌底下，我爸用手攥住炕沿。我照相时被闪光灯吓到，留下惊魂之态。杨义说："你看，浪费一张胶片，这是国家财产。"其实笑这个事真不是说笑就笑的，我们后来才渐渐会笑。我们对闪光灯大骇之际，杨义很满意，他不知看过多少张被闪光灯吓坏的脸。

杨义给我家留下不少照片，我妈看《人民画报》、我姐跳舞、我穿灯芯绒小褂举纸旗抗议美国出兵巴拿马都有照片，我们都在笑。但我们还是不愿照相，一来闪光灯可怕，二来笑更可怕，三来要回答家属院里小孩、老婆子的咨询："照相疼吗？腿抽筋吗？"没办法。

我爸常常不征得我们同意就把杨义请到家里，我们略微表示不想照相，我爸立刻大发脾气，摘帽子摔在桌上，咬牙、出汗并擦汗。杨义理解我爸的心情，哄我们把相照上。那时候，照相（对不起，摄影）特别是照生活照并不容易。

回想这些照片（大多数没了），忆念深的是我妈给我姐梳头的一幅照片。照片上，我妈身穿苏联式大翻领毛料西服（袖子挽着，衣服买大了）给我姐塔娜梳头。看上去，我姐四五岁，我妈三十岁左右。我妈梳头时表情羞涩——给女儿梳头不须羞涩，估计是穿西服或杨义讲了什么笑话让我妈不好意思了。

我不时地想起这张照片。今年过年，我妈和我姐坐着聊天，我心想你们咋不梳头了？母亲给女儿梳头是乐事，木梳顺乌黑的头发梳下来，头发像水从梳齿里流出。我妈给我姐先梳头再编辫子，最后系两个粉色的蝴蝶结，这个闺女就算打扮好了，塔娜"嗖"地冲出房门跟别人跳皮筋去了。我记得我姐更喜欢给我妈梳头。我妈也留大辫子，塔娜不会编辫子，她一遍一遍梳我妈的头发，脸上带着笑容，像享受。

有时，人会无端地探究时光从哪里溜走了。想不出时，人用一些比喻说时光之逝。比如沙漏，时光像沙子一样漏走；比如钟表之针，走着走着赶尽了光阴。朱颜凋于镜里，时光何尝未从木梳齿的缝隙里溜走呢？木梳还在（当年的木梳早不在了），人的乌发被它梳没了，头发和时光一道被木梳掠走。才知道，木梳是一个藏在我们身边的抢劫犯，早应抓起来。木梳之齿也是牙齿，吃掉了头发和光阴。

想到我妈和我姐互相梳头的情景，还想起我家满墙糊着报纸，我几乎读过上面的每一个字。南越的阮文绍和吴廷琰，韩国的李承晚都是在那时知道的。窗外长一排向日葵，金黄的大脸盘上蜜蜂缭绕。从屋门走出，看见窗下栽一排鸡冠花，如金丝绒一般华贵。我爱把脸贴在院子东边的电线杆子上听电流的声音——"嗡"，里面有电、电报与电话，这是大人告诉我的。但我们听不到，特务也不一定能听到。

有一次，杨义上我家照相，这回是给我爸照。他参加八省区翻译工作会议，需要一张照片贴在会场的光荣榜上。杨义把贵重的摄影器材从包里掏出来，还没照，闪光灯就爆了，对着地上的铁炉子。我爸十分不解，他问："先照炉子吗？"杨义嘟嘟囔囔说了些什么。这像擦枪走火一样，显然杨义误搂扳机消灭了一个灯泡。杨义从包里翻出一个灯泡安在闪光灯上，说："老那，就这一个灯泡了，你必须配合好，腰挺直。"我爸迅即挺直腰板，说："是。"他当过兵。杨义的照相机不知又出了什么毛病，他嘟嘟囔囔鼓捣。我记得我爸腰板笔直站立，抿着嘴，目视前方，汗流进扣着风纪扣的毛料中山装的领子里。我妈哈哈笑，拿毛巾让他擦汗。他生气了，大喊："别碰我！"相机修好了，闪光灯对着我爸而不是炉子爆响。在闪电一般的白光里，我爸像烈士一样坚毅，随后坐在椅子上，解衣扣，闭目喘粗气。这张照片找不到了，估计当年挂在墙上相当吓人——我爸豹眼圆睁，鼻梁笔直，抿着嘴，如同目睹山崩地裂。

微光里的蜘蛛

　　我妈有时会相信征兆一类神秘的提示，如果左眼或右眼跳，都让她心神不安。我十二岁的时候，在夏天，我坐在炕头的被子垛上读书，头接近报纸糊的顶棚，可以俯视众生。傍晚时分，透过西边射来的微红的光线，我看到玻璃窗上爬过一只小蜘蛛。

　　我跳下被子垛，告诉我妈：西边爬过一只小红蜘蛛。

　　我妈正用豁齿的菜刀剁喂鸡的萝卜缨子，她听了一怔，问："红蜘蛛?"

　　"对，报喜蜘蛛。"我说。其实这个蜘蛛只是背上有一点夕阳的微光。

　　我妈若有所思地点点头，问我："从西边爬过来的吗?"

我说："对，从西边窗户第一块玻璃爬到了第二块玻璃上。"

我妈用围裙擦手。"西边？"她说，"你姑姥姥要回来了？"

我说："肯定是。"我姑姥姥其木格住在呼和浩特，在赤峰西边。

"蜘蛛爬过来是有亲戚要来吗？"她问我。

"对呀，这是我听家属院的人说的。"

像左右眼跳这些事都是汉族人的讲究，我妈并不知道，她是听我说的。盟公署家属院百分之八十是汉族人，小孩在一起玩，获取信息。在我向我妈报告这些民俗学知识时，顺便加一些我编纂的内容，比如蜘蛛爬窗预兆有亲戚来串门就是我上礼拜创作并告诉她的。

我妈陷入沉思。那个时代，一般家庭没有手机和座机，靠写信沟通信息。那个时代更鲜明的特征是"文革"正在进行中，我爸已被关进监狱。我姑姥爷义都合西格是蒙古史专家，仅这一条，他也会被关进监狱。那时候，获取亲戚的生死下落是心中大事，但谁也不敢写信，所有的信都会被拆开检查。蜘蛛报信更安全一些。

我妈盯着我问："你真的听说蜘蛛爬窗户是有亲戚来串门吗？"

"对呀。"我以坚定的信心回答她。

"你没撒谎吧?"她问。我妈最恨撒谎。

"没有。"我挺直腰杆回答。我小时候十分喜欢撒谎,没少挨我妈训斥。

我妈眼睛湿润了。如果我不在边上,她肯定撩起围裙擦泪水。她的姑姑比她大三岁,她们从小一起长大,情同手足。姑姑会来看她吗?也有可能。不光蜘蛛爬过了窗玻璃,姑姥姥的老家就在赤峰的巴林右旗。

"蜘蛛在哪儿呢?"我妈问。

我和我妈一起上炕。"从这儿爬到那儿。"我指着窗上的玻璃说。

蜘蛛呢?

蜘蛛怎么会待在玻璃上等待我们发动思念呢?我假装找了找,说爬走了。

"你没撒谎吧?"我妈妈看我,在我脸上寻找撒谎的痕迹。

我很气恼,挺胸遥望窗外,说蜘蛛确实爬过。

我妈点点头,说:"你姑姥姥好多年没回来了,该回来了。她回来,证明她家里很平安。"

"对。"我说。

从第二天起,我妈脸上一副喜悦的神情。她从箱子底拿出一块舍不得用的新塑料布铺在炕席上。塑料布蓝底白花，发出工业的芳香气味。她找出我姐用白棉线钩的图案花帘子，蒙在红箱子、书架和收音机上，这是过年才拿出来的装饰物。

她对我和我姐说："你姑姥姥来了，你们要听话。如果她问你爸干啥去了，你们就说下乡了。"

我们点头。

她却低下头，眼泪成串滴在膝盖上。我爸被定为"内人党"，关在昭乌达报社私设的监狱里，被造反派轮番吊打十五个昼夜，身上骨折七处，把他活活打疯了，患有罕见的外伤性精神分裂症。当然我们后来才知道这些。

我妈掏出手绢，在膝盖上叠成小方块，擦眼泪。她的眼泪越擦越多。

"你们记住了吗？"她抬头说。

我们点头。我姐说："到时候，你不能哭。"

我妈点头，又流泪。

呼和浩特到赤峰的火车晚上到站，我妈每天晚上去接站。我有点不安，想告诉她蜘蛛的事是我瞎编的，但肯定挨打，只好挺着不说。我妈下班给我们做完饭，她不吃，急忙赶到火车站。她每天穿一身干净衣服，脸上带着期盼的表情去车站。回来后神情落寞，独自坐很长时间。我感到犯下了莫大的罪行，不敢看我妈。

我妈往火车站跑了一个多星期。一天晚上，我硬着头皮对我妈说："可能……好像蜘蛛，是从东边爬到西边玻璃上的。"

"东边？"我妈几乎跳起来，"你好好想想，是东边吗？"

我伸出手，在空中从东往西、再从西往东比画，说："是的，蜘蛛从东边爬过来，爬到了西边。"

"噢。"我妈坐在炕沿上，没说话。我大伯在东边的哲里木盟（今通辽市）。

我妈坐炕沿上想了很长时间，临睡前，她把铺炕的蓝塑料布和白棉线钩的花帘子收起来。我大伯布和德力格尔是农民，那时也在挨斗。我曾祖母努恩吉亚原来住我家，由于我爸是"内人党"，曾祖母被撵到乡下我大伯的家里。

第二天早上，我妈说："你帖帖（蒙古语，曾祖母）可能要回咱们家了，你大爷挨斗，她住不下去了。"

肯定是这么回事，我附和。

我妈点头。从那天起，她找人用玉米面换了一点白面，迎接我曾祖母的到来。晚上，她开始去汽车站接站。曾祖母要来的话，坐汽车从通辽来。我真盼着我帖帖来，要不然，我妈接站不知要接到什么时候。

我妈接站接到第三天，真接到了从科左后旗来的姐姐斯琴和姐夫金山，他们是我大伯的女儿女婿。在汽车站，他俩见到我妈就双双跪下了，头伏地说："婶子，帖帖过世了。"

他们三人到家，眼睛都是红的。我妈做了玉米面粥，端上来，他们谁也不吃。斯琴突然抱住我妈放声大哭，声音大得吓人，金山脸上爬满眼泪。曾祖母去我大伯家之前，要求见我爸一面。我爸被单位的人押着回家，他苍白浮肿，耳朵眼和鼻孔里都是血痕，脸是新洗过的，走路跟跟跄跄。曾祖母不懂汉语，但我爸被告知不许说蒙古语。他对着他奶奶目光茫然地背《毛主席语录》，背了五分钟，算是对曾祖母说的话，之后被押走。

他走后，曾祖母只说了一句话：我孙子活不成了。后来她没再说话，回到哲里木盟也不说一句话，竟日卧炕，两个月后死了。

斯琴和金山来我们家告诉这个消息。我妈拿上家里的钱，给大伯大娘带点衣物。第二天一早，他们仨去了科左后旗，为曾祖母料理后事。

北呀京的金啊山上

北京的日子，对北京人来说只是一天，对外省人来说，则可能是一处景物。外省人在北京兴奋而疲惫的时间流程中，北海、八达岭、颐和园，分别是第一、第二和第三天的表征和内涵。当他们坐在旅馆简陋的床上，对费用与时间的核算产生困惑时，有人在沉默中喊一句"故宫"时，便有人赞和"对，对了"。故宫，就是——比如说——第七天的活动内容以及第七天本身。

时间，在北京穿着厚实的衣裳。

除了以地域替代时间之外，外省人进京又放弃了时序，即几月几日，一切都从第一天、第二天开始，像《圣经》上描述上帝造人那样。

当然，我这里说的是那些没见过什么世面的外省人，譬如我，还有我的家人。

六月，我路过北京。到北京的第二天，我在王府井大街做梦似的见到了父亲和姐姐。当时，我从合肥回沈阳，家父由赤峰赴呼和浩特，我姐在北京治病。

当时，我们并没有掐自己的大腿什么的验证事情的真实性。我们微笑着，互相打量，在王府井大街上压抑着兴奋。

我爸说："我的眼睛就是好。"他挥臂向前一指，非常自负地说："一百米之外，我就发现了我儿子。"

我有些不好意思，也就我爸这么说，我根本不是值得别人在百米之外就被发现的人物。陪我买东西的一位朋友在一旁惊讶着，看看我又看看我爸。他在王府井大街把胳膊伸出去，像打枪一样。后来，朋友对我说："你爸挺慈祥。"我知道，她所说的"慈祥"，是说我爸脸上像佛爷似的朴素宁静的笑容，这是蒙古人的笑容。因为他进了北京，在北京见到了儿子。

在我们一家人互相流露亲情的目光时，朋友告辞了。我和父亲找一个果皮箱，站着抽烟。抽烟是说话的开始。

我爸指着自己身上说："衣服是陈虹在沈阳买的，裤子是你妈新买的，这个凉鞋……"他瞅我姐。

我姐塔娜赶紧接过话头："我在四门市给爸新买的。"

陈虹是我夫人，四门市是我家乡的一个百货大楼的通称。我说："挺好的。"

我爸满意地点点头，他愉快地观望四周，口鼻飘散烟雾。在门面装修考究的王府井大街上，人流熙攘，大约多半是外省人，他们衣服穿得较厚，手拎大兜子。

"吃饭！"我爸把烟捏灭，果决下令。

我姐反对："刚九点半，吃什么饭？"

"那就照相。"我爸说。

外省人进京哪有不照相的呢？当然要照相，而且是在天安门广场。四十年来，到过北京的外省人的照相簿中，大约都可以找到在天安门前的合影。天安门将北京凝缩一体，这个在国徽和硬币上出现的天安门，是我们到过北京的美好证据。

后来，我在火车上想，爸爸见了我为什么先夸耀他的新衣裳呢？退回几年，这会使我难为情。他并不缺衣裳，也不是第一次来北京。他是高知，当然是小城里的高知，但进北京必要置一身新衣裳。这可能很令北京人笑话，过去我也笑话过穿着新衣裳坐着胶皮轱辘马车进城的乡下人。忽然想到，穿新衣不是怕城里人瞧不起，就我爸而言，他是用新衣裳来赞美北京。

照过相，我爸说："这回该吃饭了吧？"我和姐姐只好跟他老人家去吃饭，由我付钱。这时不能提这样的问题："你饿了吗？"等等。我知道这确乎是一种纪念，纪念我们共同到了北京。饮食到底是一种文化，如果不吃饭，怎么办呢？已经照相了，难道和天安门前的石狮子久久拥抱吗？我们（至少是我爸）必须表达这种感情，在这么高兴的时候，吃着饭喝着酒说着话，美好的东西就被固定了。这叫"下馆子"。

　　在西单一家饭馆里，面对一桌饭菜，我爸兴奋地回忆着往事，我因为疲劳而吃不下饭，我姐刚吃过饭，也没有动筷。

　　"这就绝了。"我爸眼里放射神采，奇迹又发生了，"一九四九年，我头一次来北京，也是在西单吃的饭。"开国大典时，他所在的内蒙古骑兵部队来参加阅兵式，两个人花三千块（三角）钱合吃一碗面条，在西单。

　　历史在北京拐弯和我爸见面了。照相了，吃饭了，他心满意足，回招待所了。

　　眼下的北京，无论有多少日新月异的变化，譬如北京人逐渐用"环"这个现代化的道路概念来替代以往的"城"的地域概念，譬如凯莱、秀水与世界公园这些景观给北京注入了国际化的色彩，这些与我爸对北京的感情没有关系。

至于北京的掌故，譬如梁实秋咏叹过的内务部街的槐树、梅老板在天桥剧场的演出，我爸也不懂。他根本不会说出"北平"这个词，但他坚定地热爱北京。北京人对外省人的倨傲、行车住店的麻烦，都不影响他的爱。

他热爱北京的什么呢？不光他，我家更小的孩子也有这种感情。我外甥阿斯汉两岁时被姥姥抱着在赤峰的街头逛，看到市委刚刚粉刷的楼房和一座建得很好的门垛子，他突然伸出手，用蒙古语说：

"Ee baole Bejing mi?"（这就是北京吗？）

阿斯汉更不了解北京，但他把眼中的巍峨清洁华丽之物归于北京了。他长大之后也会穿着新衣裳去看真正的北京。

北京在我爸眼里是什么呢？是长安街和东单西单，是宽阔的广场和天安门。这是北京里的北京，是一眼就能发现的永远看不透的高贵所在。如果用一个词来表达，那必用"金山"这个词。在蒙古人眼里，金山不是财富，而是圣洁。如果用歌声来表达，是那首一叹三惋的藏人的歌曲：

"北呀京的金啊山上……"

这是可以被描述也可以被实践的梦想。

父亲的战马

我父亲那顺德力格尔第一次来到沈阳是在一九四八年十一月二日。他们从塔湾进入，这里是沈阳的西北角。地上铺一尺多厚的雪，马奋力抬蹄，再踏进去，跑不起来。国军的黑飞机从树梢那么低地掠过，倾洒机枪子弹，像泼水似的。马跑不动，骑兵们活下来全靠运气。我爸现在说国民党的黑飞机，还咬着牙不松开："它们横着飞、斜着飞，人和马都害怕。机枪子弹沿一趟线突突下来，地全开花了。人马中弹，血化开至炕席那么大一片雪，地上出来一个血窟窿，马的血比人多。"

马累出汗，脖子上的毛聚成小绺，骑兵们冻得打哆嗦。十一月份，他们穿单衣单裤，这是黄炸药染的土布军装，但炸药不抗冷。他们进城没遇到抵抗的国民党军队，十几里外的城中心传来密密麻麻的枪声。我爸所属的四野骑兵二师十三团刚刚从长春赶过来，和四野主力一起解放沈阳。

我爸骑一匹白马，蒙古语叫"撒日拉（略带杂毛的白色的）篾饶（马）"，他的马像一个细心的战士，和他一起走过战火。黑飞机过来扫射，战马要有足够的意志力隐忍不动。马如果毛了，疯一样蹿出去，就成了敌机第二轮扫射的目标。这些，战马都懂。马在战场上见过无数死人，见过人趴在死人身上痛哭，见过人拖着五六米的青色肠子在地上爬。从长春开始，骑兵二师和四野一个朝鲜族人的步兵师穿插行军。骑兵目标大，夜里行军，朝鲜族步兵师白天走。那时候，八路军（四野官兵习惯自称八路军）占领了东北的土地，但天空还属于国民党军队，天天狂轰滥炸，到夜里才歇着。进城是在早晨五点钟，连长罗保传令："整理军容风纪，显示八路军的威风。"骑兵们夜里行军，身裹日本人的军毯和土匪的羊皮袄，接到命令，他们全都挺起胸脯，显露四野的胸章。"要不然，"罗保说，"老百姓以为咱们是土匪呢。"城里是一片荒凉的平房，无人瞻视他们挺胸的风姿，老百姓都跑光了。

骑兵二师全由蒙古人组成，每连一百个战士、一百匹马、一百杆三八大盖（苏军收缴日军装备转配四野）、一百把哈尔滨产马刀。我爸说哈尔滨的马刀比日本军刀差远了。好马刀不是好菜刀，它的刃有五分钱硬币那么厚，刃不能开。好刀连接马的冲力与骑兵的臂力，一刀下去可削掉半边人身，它哪是刀？是一下砍断五六根骨头的薄钢板。刀下去砍不到人，骑兵会一头栽到地下，这是多大的力量。我爸他们挺着胸脯走在街上，路边立着电线杆子，这是大城市的标志。塔湾之无垢舍利塔立在前方几十米处，雪落在一层层的飞檐上，像撑着白伞。"咣——咣——"，一阵爆炸声响起，声音静下来。他们接着往前走，电线上、树上挂着人和马的碎肉、炸药染的军服碎片。

"尖兵班全没了，十二个人，他们全骑着白马。"我爸说，"不知道是什么炸了，炮弹，也可能是地雷。"

战争的仇恨是一点点积累的。我爸所在的十三团一连官兵是乡亲，有亲戚关系。我爸的战友中有他的叔叔、伯伯和舅舅，一起出来当兵却不能一起回家，让活人悲伤。战马是骑兵从自己家里带出来的坐骑，我爸的撒日拉篾饶是我爷爷彭申苏瓦参加内蒙古自治军的马。我爷爷在飞驰的马上用步枪左右开弓，打碎东西两侧二百米外的四块青砖。他的枪技离不开马的配合，马跑得稳，枪打得才准。我爷爷回家养伤，我爸骑这匹马入伍，编入骑兵二师。那年我爸十七岁，马六岁。

马跑到最快时四个蹄子像攒在一块儿又撒开，像一块风里的云彩。天下没有战虎、战狼、战猪，却有战马。马把自己的命搭在人的命里，他们是死党。骑兵们进了沈阳，一厢待命，步兵在每一条街上打巷战。"噼里啪啦，噼里啪啦！"我爸说，"步兵跟他们干，我们等着。"在攻城的战斗里，骑兵像老鹰一样待在城市外围，阻击敌方援兵或从步兵防线逃出的溃敌。马要有马棚，我爸他们团进驻铁西一家面粉厂。他们找来找去发现面粉厂有大棚，里边垛一袋袋白面。"马住棚里，我们吃烙饼。白面就是白面，没油烙出来也好吃。"他们卷着饼往嘴里塞，手里抓另一张。枪声停了，零星的枪声也没了，他们举着烙饼欢呼胜利。骑兵们爬上房顶，看见缴械的国民党军队排长队走过来，被解放军战士押解，蜿蜒十几里。国民党军队的军装有两种，一种土包子样，比八路军好不到哪去。另一种美式哔叽夹克。"漂亮！"我爸说，"被我们的人押着，全套美式装备。"

　　骑兵的烙饼只吃了一天，沈阳解放了，他们领命追击另一股土匪，匪首叫胡图林嘎。土匪边逃边散，追到开鲁之后，土匪没了。国民党军队和土匪都怕四野骑兵，但骑兵怕老百姓。四野军纪严明，老百姓一告状，违犯纪律的人就要倒霉，最轻也挨连长一顿拳脚伺候。土匪进村，上门抢粮食草料，八路军哪敢抢？抢老百姓会被军法官枪毙。

骑兵们不会说汉语，兜里没有钱，他们向老百姓作揖赔笑脸，像要饭一样为马讨要谷草。八路军有一奇技——写借条，写上借谷草多少斤、粮食多少斤，全国解放之日偿还。我爸读过私塾，通蒙古文、满文、日文。他写了无数借条，一挥而就。汉族老百姓不懂蒙古文、满文、日文，连汉文也不认识，笑笑，把粮食草料送给骑兵。马有吃的就好了。马爱吃铡得细碎的谷草秸秆。"唰唰唰，像吃水果一样。"我爸替马说，"这是冬天，到夏天更好，有青草了。"

夏天，若无战事，骑兵们把鞍子、笼头从战马身上卸下来，领马到草甸子上玩。我爸上河边给白马洗澡，用刷子刷马。马舒服，用鼻子蹭人胳膊。我爸在草甸子上跑，白马在后面追，人躺在草地上，马低头闻他的头发。"可好啦，马呀！"我爸说，"像小猫小狗一样，它知道这是玩呢。"他骑在马上最爱唱一首歌，这个歌是从成吉思汗时代传下来的——"蒙古人战胜多少苦痛完成的大基业，蒙古骏马立下了大功。像蒙古人有天那么高的志气，蒙古马的力气啊真是无穷。"蒙古族有许多赞美马的歌曲。《巴音杭盖》唱道："可汗的行宫边上，带嚼子的骏马神气地披着黑缎子。云彩似的马啊，追赶前边的云彩……用黑豆喂的滚瓜溜圆，用绿豆喂的滚瓜溜圆。我的花白头发的爸爸留给我最好的马……最有名的北京城啊，城里吉祥还繁荣，手捧一堆现大洋，也买不来一匹大走马。最有名的南京城啊，城里文明还繁荣，从怀里掏出来八十五两银子，也买不到一匹好走马。我的马呀人人都喜欢，它的额上有一块月牙斑。"

唱到这儿，我爸每每发表不同意见。骑兵认为带月牙斑的马不吉利，没人骑这样的马上战场，心里恪忌。我爸说他的撒日拉篾饶是最好的马，因为它是白马，成吉思汗的坐骑就是白马。大汗养了七十匹骡马，产马奶供他饮用。我爸说他的白马睫毛也是白的，像翅膀一样呼嗒呼嗒眨巴。这匹马静立如雕塑，脸上血管隆起，它的蹄子像四块大玉石，眼睛比黑水晶还要黑。白马救过我爸的命。一九四七年五月，骑兵行军到开鲁县保合屯一带山坡下暂休，不到十分钟，哨兵跑过来，说山后抄来五千多国民党军（不一定有这么多，哨兵吓坏了）。休息的骑兵，人不离枪，马不离鞍，他们上马就跑。国民党军见他们逃遁，放枪射击。马爬山动作大，我爸摔了下来。腿摔伤站不起来，白马围着他打转，密集的子弹打过来，石头冒火星。马恨不能扶他起来，可惜没长手。我爸拽着马镫爬上了马，追上部队。晚上宿营，我爸摸白马的前额——马喜欢人摸它的前额。"马啊，你救了我的命。"马低下头，闻他的胳膊。"可惜它不会说话，但它能听懂我说话。"

打四平，骑兵驻扎离城八里外的村子。国民党军队黑夜白天轰炸，八里之外仍觉地面震动。四平攻下来，骑兵进城，他们看到国民党军队钢筋水泥的碉堡连成一片。"碉堡前是什么？"我爸伸出手，手在抖，"八路军的尸体垛成垛啦，一丈多高。"骑兵从近百米长、比人还高的死人垛前走过去，我爸察觉白马浑身都在抖。血水流在壕沟里，上面落一层尘土。马闻到八路军战士血的味，不敢往前走了。骑兵下马，摘下帽子，沮丧地走过去，马垂着头。牺牲者一人压着另一个人，摞着，血穿过尸体流进壕沟。我爸不敢看血流，但还是偷眼看。血从人垛滴答下来，汇成细小的河流。

"最难受的不是这个。"我爸说，最难受是看马寻找牺牲的主人。一九四八年八月，他们在开鲁县好宝营子遭遇六十多个土匪。骑兵一次袭击，消灭了大半土匪，匪首带几个人钻进了苇塘里。芦苇宽广好几亩，我明匪暗，八路军进去一个被打死一个。巴图、却吉、杜楞扎那、东山，一共四个人被土匪打死，都是我爸的长辈。后来，三班长青龙不知采取什么办法爬进苇塘里面，用手榴弹炸死了土匪。他们用刺刀在山坡阳面挖一个大坑，铺上柳条，掩埋战友。遗体撒上一层柳树叶，盖土，用马踩过去。这时候，巴图叔叔的白马、却吉大爷的枣红马、杜楞扎那舅舅的白马、东山叔叔的黄马像疯了一样找它们的主人。这些马在队伍里钻来钻去，见到人就闻腿闻胳膊。骑兵们哭了，我爸手扶鞍子放声大哭。马还在找，慌慌张张地钻来钻去，鬃毛如乱发披在脖子上。

骑兵们骑着战马踏遍东北的冰天雪地，看过漫山遍野的山杏的白花、长在石头里的杜鹃的粉红花。他们唱着成吉思汗时代的战歌前进，脖子上挂着在庙里请的护身符。子弹不长眼睛，上战场谁不怕死？有了佛爷的护身符，心里踏实点。我爸头一回参加战斗，枪一响，白马的身体一阵阵激灵，他身体跟着激灵。"枪声大了就好了，"他说，"谁也不害怕了。"他原来有他奶奶努恩吉亚给的观音菩萨护身符，后来部队不让战士戴佛像，说革命军人不兴这个。我爸不敢扔菩萨像，又没地方放，急得团团转。一次，他在老乡家后院发现一处石片砌的墙，就把护身符塞进墙里，看四外没人，跪地祈祷："菩萨呀，不是我不戴你，是指导员不让戴，要惩罚就惩罚指导员吧。菩萨，保佑我和白马别让子弹打死。"这一番祈祷的效用深远，我爸于枪林弹雨里无恙，"文革"被吊打多日没死。这二十年中，他主编出版从古至今蒙古族文学汉译作品典籍十二卷，为蒙古文化史上第一人。菩萨一直在保佑他。

我从小对"骑兵"这个词敏感。上小学时，军分区在体育场举行阅兵式。骑兵骑马走过主席台前，马刀竖在肩膀前闪闪发光。那时候，大喇叭放一首铜管吹奏的《骑兵进行曲》——咪多来咪咪，咪多来咪咪，嗦嗦多来咪——忒雄壮。在乐曲里，你看战马高昂着头，鬃发一抖一抖，蹄子灵巧地翻转，那真叫威武雄壮。

赤峰体育场的主席台很小，司令脸上有麻子。我爸的白马比赤峰骑兵老十四团那些马厉害，它参加过开国大典，当然是我爸带他参加。他骑着白马和战友一起接受毛泽东和朱德的检阅。一九四九年，骑兵二师划归内蒙古军区，组成一个白马团、一个黑马团出席天安门广场阅兵式，我爸在白马团。八月，他们进驻清华大学边上一个叫清河的村庄。那时候，北京到处流传共产党的谣言。村里风传：共产党的鞑子兵茹毛饮血、割人耳朵。骑兵们受到歧视却不知缘由。我爸说，村里人供刺猬为神灵。刺猬满地爬行，若被马踩死，老百姓很不高兴。但战马偶尔会踩到刺猬老爷，民运干事点头哈腰跟村民道歉。团长下令，全心全意爱护刺猬，谁踩刺猬谁受处分。我爸差一点受处分，但不是因为刺猬。一九四八年五月，他们和国民党正规军在突泉县对阵，消灭国民党军一个连。我爸心眼多。他留在连队后面，看连队走远了，偷回战场捡洋捞儿。他捡到六尺白布、一条雪茄烟，然后追赶队伍。连长罗保发现此事非常生气，说："你个兔崽子，我要处分你。"我爸把雪茄烟双手举过头（按辈分，罗保是他远房爷爷，原为日本骑兵军官）。我爸七岁已开始吸烟，不得已才把这么好的烟交出去。罗保吸雪茄烟，很入迷。我爸问："罗保爷爷，我的处分……"罗保说："我再吸一根。"他又吸了一根烟，说："下回处分你，这回算了。"

"怎么处分？"我问。

"禁闭三天或七天、十五天不等，再严重送军法处。"

八月份，清河村外的草甸子正开黄花、红花、白花，战马把花朵全踩灭了。骑兵每天训练战马横竖成排，类似现今马的盛装舞步，这是非常困难的事。上级要求骑兵团走过天安门时，战马横竖成排。骑兵要把提振缰绳和双腿夹马的功夫掌握纯熟，控制行进速度。天天练，他们练了两个月，人与马达成难以言传的默契。白马在草甸子一排排走过去，迈着小碎步，非常整齐。

一九四九年十月一日，内蒙古军区骑兵二师白马团和黑马团凌晨五时从清河村出发，七时到达北京东单。骑兵们头一天发了棉布新军装，马在水泡子里洗了澡——每人领到半块肥皂，给马洗澡。马洗完澡，晚上用缰绳吊起来，不让它躺着睡觉，怕脏了皮毛。夜里，骑兵们领到铁盒的金鸡牌鞋油，马靴擦得油光锃亮。到了东单，团长下令给马蹄子刷上黑鞋油，白马挺神气。检阅开始，骑兵走到天安门城楼前，我爸心里默念："白马啊，你千万别走错，好好走。"他的汗把军装都湿透了。大喇叭传出总参谋长命令："向右——看！"右侧是城楼。我爸把脸偏向右面，但眼睛斜回来盯马头。他的战友也都向右转脸，眼盯马。谢天谢地，马走得很整齐，没出错。但骑兵们遗憾没看清毛泽东和朱总司令的面庞。

一九五〇年九月，骑兵二师赴通辽集结，准备赴朝参战。等了几天，中央军委说入朝作战预计伤亡很大，少数民族部队不入朝。内蒙古军区司令乌兰夫要求部队把战马捐献给志愿军。

捐出去战马，骑兵很痛苦。九月十日，我爸和另外六名战士牵着全连一百多匹马来到通辽火车站。站台上到处都是战马。我爸抱着白马的脖子，摸马的额头，马闻他的胳膊。军需官下令："一连战马上车！"几块木板搭在黑铁皮车厢上，他们把战马一匹匹牵上火车。我爸让白马待在边上，最后牵它上火车。白马上了车，回头看他。我爸心都快要碎了，咬着嘴唇才没哭出声来。回到连队，我爸走进了空荡荡的马厩，不禁痛哭。他病了，在炕上躺了两天，脑子里全是白马的模样，一合眼睛，就见白马走过来，闻他的腿。科尔沁有一首情歌《乌尤黛》，说一个男人想念女人乌尤黛。连里有人唱这个歌，让我爸更痛苦。歌里唱："想念你呀受不了，啊嗬咿，乌尤黛啊嗬，半夜起来把白马刷了一遍。想念你呀受不了，啊嗬咿，乌尤黛啊嗬，半夜起来把青马刷了一遍。我要是蝴蝶呀，落在你的领子上，天天把你瞧。可惜我不是蝴蝶呀，眼巴巴看你转身离去……"我爸喔喔哭起来，觉得他比这个男人惨，半夜起来，白马却没了。那几天，骑兵们的袖子上沾满了眼泪，想念战马。一九五四年，我爸的思马病再度复发。他不断写文章，写对马的思念，心情好了一些。他写了一首诗，题目叫《银色的白马》，写撒日拉篾饶——他的战马。此诗发表在蒙古文学期刊《花的原野》上面，得了奖，奖品是一支铱金尖英雄牌自来水笔。

　　昨晚，我爸我妈并排坐沙发上看电视，电视播报普京当选俄联邦总统，他在群众集会上面现泪痕，我爸以手按眼窝。我妈问："普京当总统，你哭啥？"我爸站起来，摇摇头，左手拎下坠的紫红毛裤，说："我想起了我的马。"一九五〇年到二〇一二年，六十二年。我爸今年八十三岁，他在想念他的马。他说："闻呀、闻呀，可能一个人有一个味吧？马用鼻子闻你……"他的声音走样了，拿手绢擦鹰钩鼻子上的眼泪，说："撒日拉篾饶，我的马……"

我有一匹马

今年大年初一早上，窗外雪片飞舞。在我们赤峰这个地方，好几个冬天没下雪了。大街上，人们拜过年还补充一句：下雪了，彼此咧嘴笑。小雪花不止于降落，它们在风中像小蜜蜂一样左右乱钻，最喜欢钻进人的脖梗子里暖和一下。

这一天是我妈乌云高娃的生日。她十四岁参加革命，如今八十四岁。我妈戴上纸王冠，吹灭红色的生日蜡烛，双手捂着脸，流下眼泪。

雪越下越大，我爸那顺德力格尔看着窗外，说："这时候我们到塔湾了。"他的话很奥妙，像电影独白——"这时候"说的是一九四八年二月，即七十一年前。这个时间概念包括辽沈战役。"这时候"他是内蒙古骑兵二师的战士。在沈阳西北角的塔湾，他们连接到进攻命令，士兵们扔掉多余的东西，这是要拼命了。我爸脚伤不能行走，连长罗保把他扶到马车上，给他100发步枪子弹。说到这，我爸瞪大眼睛："100发子弹，从来没发过这么多子弹，这仗不知道多残酷呢。"他眼看着连队全体上马，举刀，隐没在炮火里。作为孤独的伤员，他准备打光所有子弹，死在这里。

然而我军胜利了。在战场上，士兵用耳朵判断胜负——枪炮声渐弱，周遭宁静，硝烟在雪地上渐渐变淡。我爸根本没用完100发子弹，一发都没用。他今年九十一岁，头发茂密高耸，鼻管挺直，如高加索的猎鹰。他透过玻璃窗往东看，东边是我姐塔娜住的小区以及他想象中更远处的沈阳塔湾。

这里是阳光小区，我和父母住在这里，我媳妇在沈阳照顾她母亲。我们仨聊天，我说四五十多年前的事，他们在说六七十多年前的事。而竟日开着的电视机，在播报当下的新闻，比如港珠澳大桥全长55公里是世界最长的跨海大桥。这场景像一部先锋话剧，我们轮流上场，讲述时光的往事。时光在某一瞬间重新组合时，平淡的生活会变得庄重起来，你成了历史的讲述人。

父母老了，越来越想念自己的故乡。我不敢带他们外出旅行，我的任务是访问他们的故乡，带回照片和见闻向他们汇报。去年春天，我拜访我妈的出生地——巴林右旗白音他拉乡宝木图村，这里也是著名诗人巴·布林贝赫的故里。村支书孟克白音带我看过我母亲出生的院落，面积二十亩许，当年是她祖父平乐爷爷的宅院。孟克白音说，有人想租这个地方办企业，村里没同意，建成了养老院，叫平乐养老院。我妈听到后高兴地跳脚拍掌（八十多岁的人，一高兴竟能跳起来）。她说平乐爷爷一定赞成。她有五十多年没听过这个院子的消息了。今年一月，我到科左后旗的胡四台村探望病中的堂兄朝克巴特尔，这里是我爸的出生地。回来，我向我爸汇报"胡四台全体村民经过不懈努力，把你老家给建设没了"。我爸惊讶并愤怒，"什么？"我告诉他："你经常回忆的白茫茫的沙坨子没了，现在除了玉米地就是林地，没空地。狼和狐狸也没了，胡四台村五里外就是高速路。现在，你们村跟朝鲁吐镇连上了。"

"咋回事？"他问。

"房子和房子连在一起，变成一个大镇了。"

他表情变化有如云影从草地上滑过，那是几十年的光阴倏尔而逝。他说："嗨，这帮兔崽子。"

我去过一些地方并在那里跑过步，算一下，履及国内188个市县区。我喜欢顺着江水流淌的方向在江边跑步，水快则快跑，水慢就慢点跑，按规律办事。汉江流域的汉中、安康、襄阳和武汉的江边都留下过我的足迹。我觉得汉江应该认识我——看，那个跑步的蒙古人又来了。在汉中的江边，两只朱鹮一前一后从我头顶飞过，它们通体橘红兼带粉色，翅膀和尾羽舞动流苏。朱鹮知道我们这些名为人类的人轻易见不到它们，故不高飞，并慢飞。我想如果我是古代人此刻一定纳头便拜，但那会少看好几眼啊。我看朱鹮融入天际，而它在天空俯瞰到什么呢？明代修造的梯田里长满金黄的稻子，稻子们此刻正隐藏在柔纱一般的白雾当中。在安康的江边，往左手看，莽莽苍苍的大山是秦岭；往右手看，莽莽苍苍的群峰是巴山。巴山秦岭终日对视竟千万年，由此雄浑。我在广州的珠江边上夜跑，被搅碎的灯光在江流里神秘眨眼。江边有卖水果的摊子，情侣们倚着栏杆相互对视。

我把这些见闻讲给父母听，我爸说："嗨，咱们国家大啊。"我妈说："咱们国家好。国家不好，大有啥用？还不如不大呢。"在谈吐上，我妈每每比我爸高屋建瓴。我爸想半天，说："嗨，就是。"他们说的好是安宁，虽不能囊括当今中国全部的强大，但身为百姓，生于斯土，所求者不过斯民安宁。他们受过太多的苦，遭过太多的罪。

中国太大了，走也走不完。我坐车穿越大兴安岭，从车窗看到在森林里捡蘑菇的人，脚穿令人羡慕的高腰红雨靴，左胳膊挎衬蓝布里子的柳条筐。我想下车变成他，从此生活在大兴安岭。有一位诗人说，他喜欢抱树。我也是，虽然不会写诗。我见到那些粗壮带红色鳞片的松树，见到长着奇怪的独眼的新疆杨，就想上前拥抱并跟它们贴一贴脸。在新疆和布克赛尔蒙古自治县的江格尔广场，我见到四个年轻人（两男两女）紧凑在一起跳一支舞。他们不用音箱，以喉音哼唱一支蒙古民歌。他们抵肩，手臂下探，然后转身，双手向上摆动，面庞对着天空微笑。巨大的广场上，他们四个人只占一点点地方，肩膀和手几乎挨在一起。他们当中有一个人是我就好了。这时候，沾染金光的云朵在北方天空堆建城墙，英雄江格尔的塑像向远处眺望。我觉得，比看到美更好的是经历美，它是人生的花冠。

我退休后，母校赤峰学院请我去当教员，堂皇的说法是特聘教授。当年我是赤峰学院前身的前身赤峰师范学校一九七七年入学的中专生。那时候学校只有两百多个学生，现在它成为有二十三个独立学院、一万多名学生的全日制本科院校。学院与我商议为学生们开什么课，我说讲汉乐府诗也好，俄苏文学也好，都不过是一个切入口，我们需要给孩子们阐述美。美不软弱，更不虚无，我们通过诗文告诉孩子们国土广阔之美，文章渊深之美，还有人生的刚健之美、善良之美和朴素之美，我觉得这可以是一个持久的话题。在中国行走，放眼高天厚土，万壑群山，我们不能对之无视、无感，不能放弃从中汲取善的力量。

六月初旬，查娜花（芍药花）在牧区开放。雪白的、茶碗大的查娜花像天上的星星收拢翅膀留在草原过夜，忘记回家。七十三岁的牧民班波若指着窗外的山坡对我说："这么好的花开了，我们的孩子却看不到。城里多了一个大学生，牧区就少一个年轻人。这么辽阔的草原，以后留给谁呢？"说着，他用掌根抹脸上的眼泪。我什么都说不出，屋子里静得像能听到泪水流淌的声音。我听到我的眼泪落在采访本上。牧民们多爱自己的家园啊，除了家园，还有哪样东西可爱呢，是钱吗？说到钱，牧民们脸上常露出微笑，说它是"东奔西跑、无家可归的'觉日查斯'（有图画的纸）"。他们爱小满时分从南方飞回的小黄鸟，爱芒种时分飞回的小蓝鸟，证明他们的家园美好，小鸟都抢着飞回来。他们忌讳往河水和火里扔脏东西，砍一棵树要请求神灵宽恕。他们转移蒙古包、拔掉系绳索的木桩时，把留在地上的洞填土踩实，以期明年长出青草。

我在翁牛特旗海拉苏镇采访。镇政府食堂的女厨师给我端来一盘馅饼，说这是她哥哥用野芹菜汁泡软羊肉干和的馅，她烙的饼。"那么你哥哥呢？他为什么这样做？""他从门缝看你一会儿就回家了。他说你是咱们民族的作家，蒙汉文的中学课本都有你的文章，呜——（发语词，表示赞叹）。""你哥哥怎么来的？""骑马，三十多里路呢。"

我到巴林右旗和阿鲁科尔沁旗采访。几位牧民为我一个人举办赛马，七匹骏马在细雨中嗒嗒跑远变成小黑点，又从小黑点嗒嗒跑来变成骏马，好几圈。我心想快结束吧，感觉愧对马。有一个镇的干部们带家属在美丽的罕山脚下为我举办蒙古语的诗歌朗诵会。有一个村为我办过篝火晚会。从四面八方骑马骑摩托车来到的牧民们，大人孩子，一个一个从我身边走过，借篝火的光亮看我长什么样。我实在忍不住，躲到远处的老榆树的阴影里痛哭不已。是的，我在接过馅饼、听他们朗诵、看到细雨里的奔马时都流下了眼泪。这时候，所谓深入生活，实为生活深入到你心里。像山坡吹来的风、像瓢泼大雨那样抱住你，冲刷你身心的污垢。你会像蒙古黄榆一样坚韧，脸上有牧民那样纯朴的笑。

几天前，我给我爸放一段音乐——"多嗦多，多嗦多咪多，多来咪多，咪来咪多，咪咪多来咪嗦——""爸，你听出啥没？"我爸说："啥呀？"我说："这里有你们啊。"我爸吓了一跳，说："这是啥呀？"我告诉他："这是《骑兵进行曲》。"

"嗨，我们这些骑兵，其实只有一匹马，一杆枪，一把哈尔滨生产的战刀。我们哪，一九四八年冬天围困长春，身上就穿一件单衣服，白土布用黄炸药染的，哪有手套，哪有帽子，哪有棉鞋？人家——"我爸指蓝牙小音箱："一听都是大皮靴。我们那时候，除了人厉害，别的啥都不厉害。"

我爸总结得多好——"除了人厉害，别的啥都不厉害。"我爸就属于这样的人，二十世纪九十年代，他发起成立国内第一个民间翻译机构——昭乌达译书社，搜集整理从成吉思汗时代直至改革开放以来的历代蒙古族文学作品，译成汉文出版，一共十二卷，开创国内少数民族出版史上民译汉的先例。现在他已忘了这些业绩，念念不忘者，是他的老家胡四台村和他的战马——撒日拉篾饶——带一点杂色的白马。老家太远，他的战马已阵亡于朝鲜战场。国庆前夕，我打算在蒙古餐馆给我爸办一桌席。席间由我同学向我爸献花、献民歌，发表讲话——在实事求是的基础上对我爸加以拔高赞美，墙上挂横幅——"庆祝著名翻译家那顺德力格尔参加开国大典阅兵式七十周年"，播放铜管乐《骑兵进行曲》，最后向他赠送纪念品：一座小小的陶瓷的白马。我爸必定目瞪口呆并怀疑自己是在梦中。我不知道参加开国大典阅兵式的官兵今天还有多少人活着，如果他们活着并从电视上看到中华人民共和国成立七十周年的阅兵式该有多么幸运。他们是没在战争中阵亡又活了七十年的人。一九四九年十月一日，我爸是开国大典受阅部队之一——内蒙古骑兵白马团方阵的受阅士兵，那年他二十一岁。

近来我脑子里一直有一个东西嗡嗡响，它叫《诺恩吉雅》。这是一首蒙古族民歌的名字，也是一个蒙古族女人的名字。这首流传百年的民歌与《嘎达梅林》堪称双璧，俱为瑰宝。赤峰市正在筹划创作交响曲《诺恩吉雅》，由赤峰交响乐团演出，我来准备文学脚本。我查阅一些资料，把这首曲子听了上百遍。越听越觉得这不只是一个姑娘出嫁的故事，是思乡，是依恋父母，是河流与大地。歌者可以在歌声中放入所有美好的怀念。我发现，诺恩吉雅其实也是我，我或我们同样爱着家乡，爱父母，爱草原上的万物。人老了才知道，人不仅是自己，也不仅是叫作"我"的此身。你是很多人，包括你喜欢和不喜欢的人。你需要找到你爱的一个人或你爱的树，走向他（它）并变成他（它）。

下面我要说一说我的马。我有一匹马，这匹鬃发飞扬的蒙古马此刻正在贡格尔草原上吃草或奔跑。去年八月，我的散文集《流水似的走马》获得第七届鲁迅文学奖，赤峰市委宣传部专门召开现场直播的表彰会，对我褒奖。面对直播镜头，我一时慌乱，不知从何说起，只想大哭。我在答谢词中说："我是西拉木伦河岸边的一株小草，是旭日的光线把小草的影子拉得很长，使它像一棵树。"会上，赤峰市委常委、宣传部部长杨远新代表市委、市政府授予我"赤峰市百柳文学特别奖"，并奖励我一匹克什克腾旗的铁蹄马。颁奖词说："你把自己交给了文学，让露珠般的文字缀着乡音在中国文坛传扬；你是打着赤峰烙印的流水似的走马，带着长生天赋予的灵性，由高原走向高峰。昨天你以赤峰为傲，今日赤峰以你为荣。向你致敬！"后来我看直播的视频，发现我长相开始像马了，窄长脸，眼神机警而有野性。对我来说，马是更好的归宿。作为马，我已没有追风的神勇，我是草原上温驯的老马，低着头，驮着我爸我妈和我的文化使命，慢慢往前走。可庆幸者，这里有让马喜欢的草、风和流水，这里是我可爱的、飞速发展的故乡赤峰。

我想我的马

　　大群牛羊拥挤在公路上，汽车鸣笛也不躲开。牛羊满山遍野，边走边找草吃。今年旱，已是六月中旬，草还没盖住地面，牛羊吃不饱。白音温都镇的牧民正赶着自家的牛羊转场去塔林花草原夏营地。牧民说，今天在路上就有五六万只牛羊，还不算车载的牛羊。我看到路上开过大载重车，车厢焊铁围栏，里面装着走不了远路的牛犊。看到这些场景，我下意识想告诉老父亲，接着心里咯噔一下，我父亲已经去世了。

　　在镇政府，我看见一个两岁的女孩在大厅纳凉，她庄重地伸出手，跟往来办事的牧民握手，好可爱。我想说给我父亲听。他盘腿坐在床上，身体摇晃，露出意味深长的微笑，仿佛见到了小女孩。但我父亲去世了，我的心又咯噔一下。父亲去世四年，我尽量回避与他有关的事件和物件。这几年，我没去草原，去了会想起父亲，仿佛他就在那里。草原上，干牛粪发出草药的气味，排队飞行的大雁，翅膀反射阳光。被晒得灰白的木轮车边上，牵牛花（蒙古语叫媳妇花）开放，傍晚收拢花瓣，像一支火柴的雨伞。我看到的一切都想对父亲说，却无处说了，我感觉自己孤孤单单。

我父亲性格刚直，说人论世，言语激昂。进入八十岁，他变得柔软安静。到九十岁，他几乎不说话，趴窗台看绿地的花朵和天上的白云。我父亲度过九十一岁生日后，开始说他的战马。马的名字叫撒日拉，意思是带点黑灰斑点的白马。

父亲说，辽沈战役打沈阳的时候，国民党的黑飞机飞得像树梢那么高，机枪连串扫射。骑兵目标大，没地方躲，好多战友牺牲了。战马低头嗅主人身上的血，不离开主人。他说，战争啊，比电影看到的残酷。炮弹爆炸，人的肠子好像要被震出来。四处是残破的血肉。按理说动物应该在炮火中逃散，但是马不离开自己的主人。我父亲说，撒日拉是一匹多好的白马！

我怕父亲情绪激动，扶他到床上躺下，说你别想过去的事了，享受幸福的晚年吧。

父亲说，撒日拉爱用鼻子嗅我身上的味，我也喜欢马的汗味。我想我的马。

二〇一九年七月，父亲身体开始虚弱。十月一日上午，电视直播中华人民共和国成立七十周年庆典。我们早早把父亲扶到沙发上，他坐不住，身体两边放了两床棉被。十点整，电视播放一九四九年开国大典纪录片。七十年前的这天，我父亲参加过开国大典阅兵式，他是内蒙古骑兵白马团的战士。我父亲目不转睛地看完电视画面，说我没找到我的马。

那天晚上，我们看完电视准备休息，我父亲从卧室走到客厅，站着，像要宣布一件事。他说："我的……""马"字没说出来，眼泪在他脸上流淌，灰衬衣像雨衣一样挂在身上，空空荡荡。我上前扶他，感觉他在颤抖。他说我的马在哪儿？

母亲说，快睡觉吧，你说你的马在抗美援朝时被送到朝鲜去了。

我爸躺在床上说，我想我的马，我感觉孤孤单单。最近听章琴瑙日布唱一首歌——"说起唯一的故乡，眼泪落下来，自己都没察觉。说起唯一的马，眼泪落下来，自己竟不知道。"好像在唱我父亲。父亲以前说起马兴高采烈，夸马的眼睛、马的鬃毛。现在提起马，他脸上挂着泪水也不擦，浑然无觉。

我父亲活了九十一岁，经历九死一生。走到生命终点，他忘记世间所有荣辱，却忘不了那匹战马。父亲说，我的马也会想我。

一个月后，二〇一九年十一月八日，父亲溘然辞世。如果有天堂，他会在那里见到他的马。在天堂的绿草地上，他和白马徜徉云游。

字在纸上
长成青草

追寻美可能一事无成，也可能一生无成，但值得。

花瓣手

　　头一天上小学，放学前我已想好结束学业，一切均无趣。五十多名相貌各异的儿童坐在木制的、有小刀刻痕的桌子前大吵大喊，听不清他们在说什么。话说没了，他们伸出舌头在嘴边涮——啦、啦、啦，很快有人模仿，全部"啦——"。而上课，老师说一些奇怪的话。然后排队，我也不喜欢排队。走路盯着前面同学的脚，怕踩掉他的鞋。还是不断有人出列，提鞋。

　　放学了，我姐塔娜领我回家，她高我一年级。明天我不上学了——本想把这个好消息告诉她，但没说。她太爱上学了，令人不解。塔娜和她的同学领我穿过运动场。这地方真好，我把遇到广阔地域时的感受称之为"好"。她们指着北边说："骑兵列队从那边过来，向司令敬礼。"

"司令在哪儿呢？"我问。

"在主席台上。"主席台空寂无人，上面有儿童堆的小土包，插着柳树枝和玻璃碴子。

"司令呢？"没人回答。我回头看，塔娜她们已跑远，追蝴蝶，裙袂飘飘。

站在主席台上，我看到了消防队灰色的瞭望塔。体育场对面的地方是长途汽车站，那地方好，穹顶高，说话有嗡嗡的回声。我们又到汽车站，有人坐在刷绿漆的木条长椅上，脚下是绑着双爪的公鸡和点心匣子。阳光从落地长窗射入，光柱里微尘浮游。我喜欢光柱——特别是夕照光柱中的微尘，小而反光，不慌不忙地浮动，像在水里。我们在各处的椅子上坐了坐，享受在椅子上摆腿的快乐。然后去卖票的窗口。林西、克什克腾、天山……这是各窗口上方写的字，她们念诵，我不认字。因为个矮，也看不到窗口里面有什么好看的事情。她们抱我往里探望——一个镶金牙的女人拨算盘，桌上放一沓硬纸片的车票。

塔娜她们竟有办法随上车的人进站——和收票员说好，一会儿再出来——我们走在公鸡和点心匣子后面，入站台。站台有一个红砖砌的花池，上边站一个卖冰棍的老太太。她举一根冰棍："冰棍啊，冰棍。"半透明的冰棍快化了，像出太阳时玻璃窗上的霜。我担心冰棍"噗"地掉下来，落在土里。

"快来——"塔娜喊。她们围着一行花，正采花瓣，车站戴大檐帽的人在笑。"这叫指甲桃。"我姐说。指甲桃一尺多高，淡绿的粗茎像玻璃管，仿佛一碰就出水。花瓣或深或浅，然而全都红。她们急急地摘花瓣，往兜里装。我也摘，但不知做什么用。

"行了！行了！"大檐帽摆动卷着红旗的木棍劝我们走。她们跑到候车室的山墙边蹲下，我也蹲下。她们拿花瓣在指甲上揉搓，指甲变成了红色。赵斯琴举起十指晃动，"哎——"好看，成花瓣手了。

不一会儿，我们全成了花瓣手。回家的路上，她们喊喊喳喳说别的事，而我始终看她们和我自己的红指甲。

第二天早上，我妈推醒我，说上学了。我回忆起学校情景，苦恼，说不上学了。我妈说怎么能不上学呢？我欲辩忘言，以哭抗争，泪水走出眼睛往下落。揩拭之时，看到指甲上的一点残红，想到体育场、车站以及长窗光柱中的微尘，说"上就上吧"。

火棒圈

孩子们认为，夜与昼是两个世界。他们相信白天的山峦、树和房子会在夜里远行，像被移走的舞台上的布景一样。因此，夜对于孩子像海洋那样神秘而动荡。他们在夜里学兽叫或鬼叫，然后谛听。孩子们喜欢在黑夜的柳树下议论星星，议论河水——听有没有人掉进去，议论抽烟锅老汉的火星明灭。他们大睁眼睛想像白天那样看清数以万计的蛐蛐蝈蝈究竟怎样歌唱。在夜里，孩子们的听觉和视觉十分敏锐，又由于无法利用夜，只好分手回家睡觉。睡觉真是对美丽夜色的浪费。

好在穆日根巴特尔发明了一种游戏。

他把干枯的向日葵秆点燃，秆里的芯像棉花一样，遇风红亮。我们站在水文站那艘破船上，抡圆了胳膊画圈。火圈多么美丽，像金链，像烧红的铁条，在黑得如金丝绒般的夜里疾舞。

"发信号！"我们说。用火圈向所有一切发信号，向大树，向银河，向清真寺的尖顶，也向蛐蛐、蝈蝈，向藏在军工厂仓库里的那只猫头鹰发出信号。它们可能会以为我们是大部队或妖精，我们哈哈大笑，虽然臂酸。后来，我们又发明了用火棒写"8"字，当然不是为了发什么信号。火圈的两个头紧挨着，松开又连上。如果猫头鹰看到了，难道不害怕吗？

我们希望远方也有人向我们画火圈，那才是一个故事的真正开始，然而没有，为此我们等了很久。

当火棒熄灭之后，我们感到火的特殊。它不像石头或树那样始终在你眼前显露，而火的确又是存在的。它来了之后，总要急急忙忙走掉。只有等到火柴的邀请，木头、草或纸片的牺牲之后，火才出现，奔跑燃烧。那么平时，火究竟藏在什么地方呢？

风中，我们划火柴几次划不着。孩子们把脑袋凑到一起，当火苗亮起来后，一圈红红的脸膛对着火苗，眸子和牙齿一齐反光。

在点燃火棒那一瞬，我们围拢的脑袋像一个灯笼。灯笼里面是我童年伙伴天真惊喜的脸，他们的表情我至今还记得。

小　鱼

　　我被父母允许使用铅笔的时候，刚刚五岁，为此大为兴奋。这种半截木棍并露出黑尖的东西，是另一种语言。胡乱画出一些线条，使自己佩服自己，而且挥之不去。开始不知画什么，就画心电图似的乱线，享受到怀素那种乐趣，但很快觉得单调。这时看我姐写字，十分嫉妒。我想所有未及上学的孩子看哥哥姐姐写字，都有过这种嫉妒。集愤懑、无奈于一身。

　　她把字写进作业本的格子里，很有力。每个格只一个字，而不是像我那种连贯如湍流的线条。我也曾宣称这些线条是字，让父母猜，但这种宣称除了被哄笑之外，不会有其他结局。我所奇怪的事情是姐姐写的"字"，是一些复杂的图案。笔触短也变化多端，兼有转折与交叉。而有些"字"，她只写几笔便弃之不顾，去写其他的"字"。有一次，我伏案观察她写字良久，指出有几个字她未写完，好像是"一"与"乙"，竟又遭到她的嘲笑。

我知道这些图案并不是她所创造的，但她居然能掌握，并在写完后用手指着，嘴里尖锐地发出音来，如"北——京——"，就令人稀奇了。那时我也囫囵着写一些字，尽量写复杂一点，同样指着它赋予一个音，如"赤——峰——"，但我很快就忘记了它的读音，记不住。这些一团乱麻似的字原本就是我生造的，念什么音都行。

后来我姐教我画小鱼，纾解了我的不安。

小鱼是一笔画成的。从尾巴开始，沿弧线向前，在鱼嘴的地方转折向后，然后一竖，就是尾巴。记住，鱼头一律是向左面，这就是向前，我姐就是这么教的。如果比较灵慧的话，可在鱼身画上瓦片似的鱼鳞，鱼尾由横线罗列而成。

我站在炕上，把小鱼一条接一条地从炕沿边的白墙上画到窗户边上，它们像箭头，一个跟着一个前进，永不掉头。接着画它们腹下的第二排，然后是第三排。鱼群在离我们家炕边三尺高的墙上庄严进军，比黄海或加勒比海汛期的鱼儿都要多。当你相信鱼的真实性之后，就无法怀疑墙乃是大海。多么宽广的大海啊。我常常坐在被垛上注视鱼群前进，为它们的气势所打动。然后，再使被垛这面墙也布满鱼群，当然它们是向另一个方向行进的。

描摹一种形象，对孩子来说，是第一次对客观世界进行表达，也是第一次抽象。在这之前，孩子脑中的外界印象太多，而他倾吐的太少。一进一出，心脑平衡，人与世界也得到平衡。不然我也不能画那么多的鱼。不比别人更能理解原始人为什么在艰苦的环境中，于跳跃的火光下在石壁上画岩画。一个不会写字又急于表达对世界看法的人，大约如此。而岩画留给我们的信息，并不是画上的鹿和狼，而是画画的人曾经在世上寂寞地活过。

我们家的鱼，在那个时期以惊人的速度繁殖，桌子上，杂志上，包括箱子盖内侧的木板上，都布满栩栩如生的小鱼，它们甚至钻进了我爸皮鞋的鞋垫上。我记得有一本好看的书，大开本彩印精装，叫《辉煌的十年》，记录内蒙古自治区成立十周年的盛绩。照片上铜花四溅，或女人穿彩裙结队而笑，羊群低头吃草。这本书所有的空白处，都被我画上了小鱼，极大弥补了内蒙古水产业的不足，正所谓年年有余。殊不知，此书是我爸借来写稿子用的，他一翻大吃一惊。他把书对着我妈一页一页翻开，绝望地说："看，这怎么退还？"又翻一页，"怎么还？"我妈眼里分明带着笑意，但装作沉重地摇头。我爸问："谁教他画鱼的？"不用说，我姐挨了一顿严厉的斥责。

几年前，我回家省亲，见父母半夜倒腾箱柜找什么东西。后来找到了，是一本奖状。我爸被评为内蒙古自治区五十年有突出贡献专家，需复印上报这个四十年前得的奖。一翻开，嗯？在乌兰夫的签名与奖金大字的左左右右，游弋着一条条小鱼。我看到它无比亲切，这样的笔触让人珍怜，童稚朴拙而真诚。

"这一定是阿斯汉干的！"我爸极为愤怒，把阿斯汉从被窝拎出来批斗。他是我外甥，所有恶作剧的制造者。

"没有！"阿斯汉揉着眼睛说。他干了坏事后都说"没有"。

"你呀你呀。"我爸痛切地坐在床上，指着阿斯汉说，"你真完了！"

"没有！"阿斯汉强硬地梗着脖颈。

宝音三

那时，我们的脑子半在神话里面，半在现实当中。刚刚上小学，当老师在黑板上教一个字的第三笔笔画时，我可能被窗外的桃花吸引住了。风吹过，碧桃树从袖子里甩出花瓣，像把一封信撕碎了，撒在地上嗟叹。老师说的历史故事固然可听，但倘若窗台爬过一只甲虫，会使我们立刻像狗一样警觉，看它驮着花碗似的甲壳，慢慢爬过水泥裂缝。总之，上学快乐。

我入学时年龄尚不够，因为父母经常下乡，无暇顾我，寄宿学校，可追随我姐往来。"学不学的倒其次。"我爸说。这是赤峰市第七小学，即蒙古族小学。

入学前，父亲携我到校长办公室考试。"这是几个？"

校长推出左掌。"五个。"我答。他平伸双掌，我说："十。"
我爸满意地笑了。

"把手指和脚趾加到一块儿，是多少？"校长问。

我愕然了，为什么要把手指和脚趾加到一块儿呢？这
毫无道理。况且我也没留意脚上有几个指头。

"二十。"我爸说。"二十。"我说。

校长宽厚地笑了。

这样，入学考试顺利通过。

校长名叫宝音三。平日，他在校园捡废纸、修理门窗，
面色平静。冬天，他帮我们生炉子。见到了孩子——即我
们，会久久吸引住他的目光，笑意像水波纹那样从眼睛、
嘴边扩充到整个脸腔。有时，我们背手扯着嗓子朗读课文
时，会发现他在窗外静听，表情不仅满意，好像还有一些
感动。

上操的时候，宝音三校长站在操场的土台上指出我们
的未来。他身后是茂密的碧桃树，树身闪着缎子似的亮光，
而叶子像柳叶一样，弯而长，带着锯齿。从树的间隙，能
看到体育老师办公室的地上堆着排球。我们的教室红砖红
瓦，但瓦的颜色比砖浅一些。窗户全都刷着绿漆，砖缝勾
白粉。宝音三讲话的时候，张臂，前倾着腰身，仿佛这样
离台下的我们更近些，表情也更加热切。

"在你们中间，长大之后会有一位飞行员……"

我站在第一排，听到这话，常回头看到底谁是飞行员。

"……翱翔在祖国的蓝天上。会有勘探队员，为国家寻找宝藏。会有火车司机……"

他张着手，仿佛怕这理想跑掉。我敢打赌，他比任何人都相信我们中有人必然会成为飞行员……有一次，他说到这些时，竟有些哽咽。他那张老年的、像妇人一样善良的脸上，泪水流了下来，但眼睛仍然深邃地、带着笑意望着我们。

在我后来想到这些事情时，注意到一个事实，即我们的父辈是新中国第一批蒙古族干部，譬如班上有人的父亲是盟长或司令，他们大多在军界服务过。换句话说，我们的父辈，包括我父亲是从战火里钻出的幸存者。而这些人的孩子，在宝音三看来，是可珍贵可造就的蒙古族未来的希望。虽然我们很无知，只贪玩，连自己脚上有几个指头都不清楚。但不妨碍宝音三从裤兜里掏手绢为我们擦鼻涕，蹲下身子给我们系鞋带。

这是我上学后半年内的事情。从后半年开始，一切都改变了，"文革"。"文革"使我惊骇的第一件事是，早上，老师们站在校门口向我们鞠躬请罪。然后是砸玻璃。我们班的门竟然也消失了。宝音三和其他蒙古族教师在工人师傅面前惶恐如罪人。

后来——我记得是冬天的一个早上——我们班一米多高的大铁炉子上沾着血,血里夹杂着黑头发,炉盖上涂满奶酪似的液体。这情景不幸被我看到了,但不知怎么回事。

有人告诉我,宝音三死了,炉盖上是他的脑浆子。到现在我也不知道,他是被砸死的,还是自杀。是在白天,还是黑夜。为什么在我们教室。只觉得宝校长淌出那么多白花花的脑浆子,不可思议。

就在那几天,门后墙上有一行墨写的标语:"宝音三万碎!"我们以为是反动标语,慌慌张张报告了校方。校领导(工人)微笑着解释,这不是反标,是讽刺。

我第一次听到"讽刺"这个词。我曾经多次揣摩过宝音三被铁炉盖击中头颅,闭眼惨叫那一瞬间的表情。难道这还不够,还需要讽刺吗?从童年起,我就感受到人心的冷酷深不可测。后来我当知青时,一个人看庄稼,有时间回忆过去的事情。在想到宝音三之死时,曾不解,这个慈蔼的、老母鸡似的校长,如何会激发别人那么大的仇恨呢?

宝音三译成汉语人名,可谓福旺或隆福的意思。可惜他没有熬过"文革"的劫难。而想到他站在土台上、伸出双臂对我们的期望，我真的感到了自己的惭愧。我不知小学同学中有没有人当上飞行员，但我听到飞机的呼啸声、仰望云层的时候，常常想起宝音三，我的第一个校长。

抓小偷

中学对我来说跟"学"没关系，我们不上课。赤峰二中那时叫赤峰市第八人民子弟学校，它是一个大院子，是聚集大量青少年，有教室但不学习文化课的地方。当我们进入教室坐立的时候，教员给我们读毛泽东的著作，读报纸的社论。每一节课都有一位工人师傅背着手从窗边走过。他穿洗白的工装、戴绿色军帽，表情傲慢。那时候，学校和各年级的领导都是工人。领导我们学校的是赤峰第一建筑工程公司的工人。

没错，这是"文革"年代。它贯穿了我的小学和中学时光。这几年同学聚会，我发现当年的同窗还有人不识字，这不奇怪，他们上九年学却不识字。班级上识字的人包括我，皆是自学。这些年老体衰的同学发现我一直识字并写书，不禁惊讶。我对自己识字也惊讶，但我忘记了这些字是跟谁学的，好像查字典学的字较多。也有教员偷着教我们识字，或教物理、化学知识。被工宣队发现后，教员会挨批斗，被派去烧茶炉或看大门。那时候认为所有的知识都会妨碍青少年的革命性，当时的口号是"知识越多越反动"。这是时代背景，无此背景衬托，会让我下面的经历显出不真实。

先说加入红卫兵的事。入红卫兵，是我们中学时代最大的事。红卫兵全称"毛主席的红卫兵"。其政治地位至高无上，与解放军、工人阶级并列，可以骑在地主、富农、资产阶级分子头上作威作福。全中国的中学生与大学生一夜间自动变成红卫兵，佩红袖标，但有一个前提——他们的父母必须是革命分子，这就是我的灾难所在。我父亲是"大叛徒"，关押在监牢，我入不了红卫兵。你想想，第八人民子弟学校学生多达两千人，于操场集合，绝大多数人的右臂都有一道红彤彤的袖标，上印黄字——毛泽东手书——红卫兵，而我和父母有问题的一小撮学生袖子上啥也没有，像坏人一样。这意味着你有反动家庭，理应受到践踏。当时放电影，新闻纪录片上的毛泽东也在绿军装的右臂戴一个鲜艳的红卫兵袖标。我们这些没袖标的人如果想抬起头，想跟戴红袖标的同学并排上学放学，就一定要加入红卫兵。我每天晚上做梦都加入一次红卫兵，双手在狂乱的心率里接过红袖标，每一次梦醒之后都双手空空，入红卫兵比识字重要得多，比一切都重要。

政策为我们这些可怜的小孩提供了一条出路。一般说，反动家庭的子女如果第一，检举父母的反革命罪行，可以加入红卫兵。我家后院一个地主的儿子检举他爸把屁股坐在报纸上的毛泽东照片上，就在锣鼓声中加入了红卫兵，他爸加入监狱。第二，抓到一个美国、苏联、日本特务，或者台湾特务，可入红卫兵。第三，抓住一个小偷可入红卫兵。

我和同学吴柿子研究多次，认为第一条太缺德，第二条太艰难，第三条可以干。吴柿子他爸留学苏联导致他和他哥吴萝卜、他姐吴白菜都入不了红卫兵。

抓小偷？是的，这是一条金光大道。当我们扭过小偷罪恶的双臂把他押送到派出所之后，理所当然就成为红卫兵。

小偷在哪里？估计在百货大楼，我们管他们叫"掏包的"。赤峰市当年有两个百货大楼：其一叫百货大楼，在三道街；其二叫四门市百货大楼，在我们上学的路上。

吴柿子和我每天放学后待在四门市百货大楼里面盯小

偷的梢。每当有人问我青少年时最深的记忆是什么，我脑子里立即跳出四门市百货大楼的玻璃橱窗。我和吴柿子熟悉四门市百货大楼里每一个柜台，熟悉每个柜台里的每一种商品与其价格。一次，有人买自行车的轴碗，售货员找半天说没货。吴柿子马上说轴碗在一楼西大厅南侧西数第二个柜台第三层左起一个五寸白碟子里，定价0.19元。

当然我们的目标是抓小偷。观察商品只是我们的业余爱好。我们俩——如果是在冬天——他戴旧狗皮帽子，我戴栽绒帽，鞋上带着火粘的橡胶补丁，棉手套系绳从脖子上垂下来——我们目光炯炯地观察所有顾客，我们盼着有人以食指和中指偷着伸向别人的衣袋，但没有。我们气恼的是赤峰小偷太少。说实话，我们喜欢小偷，喜欢他光临四门市百货大楼。现在想，那时候钱少，小偷才少，我们俩从一楼转到三楼，从三楼转回一楼，从来没见到过小偷。我们在收款处前盯着交款人的一举一动。他们只交款，却不偷别人钱包，太急人了。吴柿子说，这样不行，咱俩到八十岁也入不了红卫兵。小偷太狡猾了，咱们要研究他们的长相。

对！我说，坏人长相就像坏人。我们站在一楼门帘子边上见到一人八字眉，老鼠眼，脖梗子露一块红痣。吴柿子说："他肯定是小偷，咱俩别惊动他，跟踪。"这个家伙进了大楼就四处观察（坏人都这样），上二楼在缓步台往回瞅（他快露馅了），最后他到体育用品柜台，看了篮球、排球、乒乓球（这都是伪装），却买了一盒军棋。买了棋，他下楼走了，他为什么不掏包呢？我当时真想上去踹他两脚。事实上，我已经准备好在他把手伸进别人裤兜的瞬间一脚把他踹翻。这脚没踹出去，可惜了。还有一人长大黄牙，走路瘸，屁股一翘一翘，这样的人走到哪里都像一个坏人。他果然阴险，走两步，掏出一个字条看看，把字条揣进裤兜再走。当他走过一排柜台之后，再拿出字条看。吴柿子说：他不仅要偷人民群众的东西，还要偷四门市的东西，要不看字条干吗？吴柿子说话时，眼睛冒出吓人的怒火。我攥紧铁拳告诉他：擒获他时，别忘了把他的字条搜出来。

　　这时，这个"不知羞耻"的瘸子把字条递给了医药柜台的售货员。啊？他自首了？售货员看了看字条递给他一小瓶红药水，瘸子交钱拿药瓶走了。吴柿子问售货员：字条写的啥呀？售货员爱搭不理地说："红药水。"

　　破灭了，我们的理想一个接一个破灭。我们跟踪了瘸子，秃子，戴墨镜者，独眼龙，脑袋长疮的人，穿花棉裤的男人，镶金牙者，双手放在衣袋里不拿出的人，点头哈腰的人，流哈喇子的人，近视不戴眼镜的人，走路间突然伸手在裤裆里抓痒者，一直打嗝的人，操外地口音的一切人，我们跟踪了我们认识的所有"坏人"却没发现他们偷钱包。吴柿子认为他们提前发现了我们才没敢下手，他们肯定是坏人，我认为有道理。三年中，我们在四门市百货大楼一无所获，后来终于发现了一个盗窃者，但不是在四门市。

那天傍晚，四门市百货大楼打烊了，我和吴柿子回家。走到土产公司边上，墙头突然跳下一个人，脖子上挂一个挎包。见到我们，他撒腿就跑。吴柿子喊："站住。"那人像中了邪一样一动不动。吴柿子说："转过来。"那人慢慢转过身。吴柿子又喊："包里是什么？"那人把包里东西哗啦倒在地上，扑通跪下了。包里倒出来几根牛羊骨头。

"饶命，饶命。"这人四十多岁，头一直往地上磕。

"偷骨头干啥？"吴柿子问。

"我妈要死了，想尝尝肉味，我偷点骨头给她熬汤。"

这人跪着，两手拄地，像一条狗。我俩相视一乐。再看他穿件单衣裳，领子磨开绽了，这是寒冷的冬天。他脊骨瘦得像车轮从衣服里支出来，白头发似沾满雪花。他妈想尝肉味？这些发黄的、带泥土的骨头上有肉味吗？吴柿子看看我，我看看吴柿子，我们不知如何是好，转身走了。走远后，我回头看那人，他起身跑了，没敢拿走地上那一堆骨头。

直到"文革"结束，我和吴柿子谁也没当上红卫兵。

车站的月亮

常识说月亮只有一个，我宁愿相信月亮有备份有值班因而有许多个。李白和苏轼的月亮已被他们带走了，他们离不开月亮，走到哪里都要跟月亮一起玩，带着酒。草原、戈壁和西拉木伦河都有各自的月亮，为什么说月亮只有一个呢？月亮们形状如一、胖瘦如一，但性格和气味不同。我感到戈壁的月亮太高，而呼伦贝尔秋天的月亮看上去挺有钱。火车站的月亮只照各地的车站。

车站的月光被两道闪光的铁轨支出去太远，好像铁轨是月亮走到人间的梯子。月亮在汽笛和人流黑潮中显出工业化的特征。在站台等车，常听到喇叭里传出不需要旅客听懂的话，譬如——洞幺拐贰进五道。我在心里给这种话续下一句——天地悲凉草木秋。喇叭里说：接车拐六幺幺拐。对曰：碧海青天夜夜心。这一些奇怪的话，列车来到脚下微微地震动，唯一戴红色大檐帽的铁路员工对着铁轨立正，都在月亮的注视下显出苍白，让人觉得车站的月亮很操心，缺少休息日，熟悉工作流程。

一次，我坐的火车在俄国布里亚特北面的阿巴干车站停了五个小时。问停车的原因，说这列始发于乌兰乌德的火车比规定的时间早到了五个小时。阿巴干车站虽然没有往来车辆占道，也要按自己的时刻表运营。我们等待，但俄国的旅客并不觉得等待，认为这是生活的一部分，仿佛上帝来到阿巴干也要停留五个小时。俄国人在车站喝酒、接吻，有人把毯子铺在站台上睡觉。我在月台上光着膀子慢跑。那时候，我抬头看到阿巴干车站的月亮微红，像从桑拿房里出来的女人。天没黑的时候，麻雀从我肩头、耳朵边上笔直飞过又飞回，我从来没见过如此不怕人的麻雀。天色转为蓝灰色的暮霭，这里的天桥如同巨大的车站。我不明白俄国人为什么把天桥修得那么高，楼梯如同中山陵的台阶。在天桥上瞭望，可见方圆几十里景物。它也许担负着军事上的职责，是一个要塞的制高点。在天桥上，我看到阿巴干车站的月亮从布满密林的山峦往上升，山峦之间有白的夜雾包裹，符合黄宾虹所画山水的皴法。月亮微红只是它的特色之一，这里的月亮的第二个特色是横着走，仿佛是一艘轮船。在中国，月亮——不管是不是车站的——照例向上升，如气球那样。我想起了一首乌克兰民歌《德聂伯尔》的歌词——你看那月亮暗淡无光，在黑云后面徜徉。是的，这个月亮可能从乌克兰飘过来，没拦住，飘到了南西伯利亚。

斯图加特火车站的月亮仿佛被奔驰公司收买了。这个火车站由奔驰公司修建，楼顶有一个莹白发亮且旋转的奔驰车标。从我站的地铁站的角度看，月亮跟车标并肩而立，一黄一白，都在转。斯图加特火车站没人售票，车头有一个孤独的司机。这里的车站听不到奇怪的广播。

车站的月亮属于离家的旅人，属于身上背行李的人、口音不同的人、着急的人。月亮用清光在地下写字：别离——回家。车站的月亮有清脆的回声。每夜，火车把月亮拉到远方，交给下一站的月亮。

荞麦花与月光花

前年上秋，我在刀把子地机井房住了一个月，就一个人。看机井，因为"水利是农业的命脉"，防止地主富农破坏。"文革"中的地富分子，当年也许是最驯良和健壮的人了，他们见人则把路让开，低着头。由于劳动强度远超过贫下中农，因而更健壮。譬如我们队里老刘家的坏分子、老武家地主和老胡家富农。

我早知道，他们再健壮，也万万不敢破坏机井，甚至连一棵庄稼也不敢碰。

一天的后半夜，我急起撒尿，跌跌撞撞冲到屋外。人醒了，但除了腿脚和撒尿的机关外都睡着，即古人所谓"寤"之状态，摇摇晃晃地缓释负担。尿时，睁开眼，一惊；闭上再大睁，竟害怕了。我发现机井房周围落满大雪，白茫茫无限制。我收尿遂奔回屋。躺在炕上想，下雪了，啊？这时候全身都醒了。先想现在是几月，这不才九月吗？中秋节还没过呢，再说也不冷啊？窗户开着，屋里也没有火盆。不行，我蹑足下地，趴窗户一看……

大雪，毛茸茸的，约莫一尺厚吧，随着地势起伏。渐渐地，我明白了，披衣出屋，来到当院的土坪上。

荞麦呀，这是荞麦地。它们迸放繁密的白花，花瓣密得把地皮都遮住了。在白花花的大月亮地里，就是一场大雪，吓退夜半撒尿者一名。我在机井房住了一个月，当然知道屋前左右都是荞麦，开花了。但想不到在月夜，茫茫如此。我站着，然后又蹲下了。我相信有"月魄"一说，即月亮的灵魂常在静谧之夜出窍。这时候，月色细腻柔美，地上的坑坑洼洼无不承受着这种白面似的抚摩。当然月亮不会无故出窍，倘它在地上有情人（比如在刀把子地附近），必是荞麦花无疑。荞麦花在倾泻的月光下，微仰着脸，翕张口唇，感泣而无力言说。无风，蓝琉璃的夜空，小星三五在东。白花花的荞麦地如此专注一件事，这太感人了，想不到世上有如此美景，可以由于内急而得以窥之。我知道老天爷会下雪，但不知道它还会造设烘托一种非雪之雪，酷肖。文人所称"梨花似雪"，颇觉勉强。梨花在疏枝上攀举，地上黝黑，即使在月夜，也觉得这么高的雪不易。荞麦花却雪白无疑，那种朴实的村妇气，在月下净去，宛如城里美人了。

我感到，月光和荞麦的神秘交往还没有结束，它们跟人不一样，在静美中传递更广泛有力的信息。我以肉眼当然看不出来，但也不碍什么事。突然，我后悔了，当一个人厌倦白天的种种单调景物时，谁知道造化在夜里制出许多奇境呢？我不知错过了多少机会。

节气近于秋分了，脚下一蓬绿草的修长叶子上，果然沾满露水。秋虫的鸣唱此起彼伏，唐人（如白居易）说的"霜草苍苍虫切切"，或"早蛩啼复歇"。我不知道唐朝时"切切"之音怎样读，白居易又是陕西渭南人。我听此虫声乃是"吱儿吱儿"。

看了一会儿，觉得有件事未做。想一想，认为应使另一半尿复出，然此物已不知去向。又待了一会儿，心里难受，想家了。也许是眼睛被雪白簇密的荞麦花逼出了酸楚。我今日想家，只是惦念父母，可用一个"忧"字结。二十年前想家，是想念包藏着童年与少年的远方的城市，实际是"怜"己。冷不丁想起，我怎么跑到这远离人群的刀把子地机井房前的土坪上蹲着呢？况且是半夜。

现在，我的愿望仍是想看一眼月光下的荞麦地。天地间，月在上，荞麦地在下，我披衣蹲着。

海的月光大道

　　晚上，我在房间里站桩。面前是南中国海（中间隔着玻璃窗）。半个月亮被乌云包裹，软红，如煮五分熟的蛋黄。有人说面对月亮站桩好，但没说面对红蛋黄月亮站桩会发生什么。站吧，我们只有一个月亮，对它还能挑剔吗？站。呜——，这声音别人听不到，是我对气血在我身体内冲激回荡的精辟概括。四十分钟"呜"完了，我睁眼——啊？我以为站桩站入了幻境或天堂，这么简单就步入天堂真的万万没想到——大海整齐地铺在窗外，刚才模糊的浊浪消失了，变得细碎深蓝。才一会儿，大海就换水了。更高级的是月亮，它以前所未有的新鲜悬于海上，金黄如兽，售价最贵的脐橙也比不上它的黄与圆，与刚才那半轮完全不是一个月亮，甚至不是它的兄弟。新月亮随新海水配套而来，刚刚打开包装。夜空澄澈，海面铺了一条月光大道，前宽后窄，从窗前通向月亮。道路上铺满了金瓦（拱形汉瓦），缝隙略波动，基本算严实。让人向往光脚跑上去，一直跑到尽头，即使跑到黄岩岛也没什么要紧。

海有万千面孔，我第一次看到海的容颜如此纯美，比电影明星还美。月亮上升，海面的月光大道渐渐收窄，但金光并没因此减少。我下楼到海边。浪一层一层往上涌，像我胃里涌酸水，也像要把金色的月光运上岸。对海来说，月光太多了，用不完，海要把月光挪到岸上储存起来。这是海的幼稚之处，连我都不这么想问题。富兰克林当年想把宝贵的电能储存起来，跟海的想法一样。月亮尚不吝惜自己的光，海为什么吝惜呢？在海边，风打在左脸和右脸上，我知道我的头发像烧着了一样向上舞蹈。风从上到下搜查了我的全身，却没发现它想要的任何东西。风仿佛要吹走我脸上那一小片月光。月光落在我脸上白瞎了，我的脸不会反光，也做不成一道宽广的大道，皱纹里埋没了如此年轻的光芒。站在海边看月光大道，仿佛站在了天堂的入口，这是唯一的入口，在我脚下。这条道路是水做的，尽头有白沫的蕾丝边儿，白沫下面是浪退之后转为紧实的沙滩。我想，不管是谁，这时候都想走过去，走到月亮下面仰望月亮，就像在葡萄架下看葡萄。

　　脱掉鞋子，发现我的脚在月亮下竟很白，像两条肚皮朝上的鱼，脚跟是鱼头，脚趾是它们的尾鳍。我在沙滩走，才抬脚，海水急忙灌满脚印，仿佛我没来过这里。月光大道真诱人啊，金光在微微动荡的海面上摇晃，如喝醉了的人们不断干杯。海水把月亮揉碎、扯平，每一个小波浪顶端都顶着一小块金黄，转瞬已逝。大海是一位健壮的金匠，把月亮锤打成金箔，铺这条大道，而金箔不够。大海修修补补，漂着支离破碎的月光碎片。

　　小时候，我想象的天堂是用糖果垒成的大房子。糖果的墙壁曲曲弯弯组成好多房间。把墙掏一个洞掏出糖果来，天堂也不会坍。这个梦想不知在何时结束了，好多年没再想过天堂。海南的海边，我想天堂可能会有——如果能够走过这片海的月光大道。天堂上，它的础石均为透明深蓝的玉石，宫殿下面是更蓝的海水。天堂在海底的地基是白色与红色的珊瑚，珊瑚的事，曾祖母很早就跟我说过：如果一座房子底下全是珊瑚，那就是神的房子。天堂那边清冷澄澈，李商隐所谓"碧海青天"，此之谓也。在这样的天堂里居住哪有什么忧虑？虽然无跑步的陆地，但能骑鲸鱼劈波斩浪。吃什么尚不清楚，估计都是海产品，饱含欧米伽-3的不饱和脂肪酸。也许天堂里的人压根不吃不喝。谁吃喝？这是那些腹腔折叠着十几米肠子的哺乳动物干的事，不吃，他们无法获得热量，他们的体温始终要保持在零上三十六至三十七摄氏度。为了这个愚蠢的设定，他们吃掉无数动物和粮食。

海上的月光大道无论多宽也走不过去。天堂只适合于观看，正如故宫也只适合观看而不能搬进去住。我依稀看见脚下有一串狗的爪印，狗会在晚上到海边吗？我早上跑步，好几只毛色不同的狗跟在后面跑，礼貌地不超过我。我停下时，它们假装嗅地面的石子。我接着跑，它们继续尾随。我解释不了这种现象，也不认为我的跑姿比狗好，狗在模仿我跑步。可能是：人跑步时分泌一种让狗欣慰的气味。如此我也不白来海南一回，至少对狗如此。晚上，狗到海边干什么来了？它可能和我一样被月亮制造的天堂所吸引，因为走不过去而回到狗窝睡觉去了。我也要回宾馆那张床上睡觉去了，天堂就是眼睛能到，脚到不了的地方。它的入口在海南的海边有狗爪子印的地方，我在岸边已经做了隐秘的记号。

雪地篝火

我想起以前在雪地燃起一堆篝火，离林子不远。

那时节，在做一件什么事情已经忘记了。燃篝火是在事情的开始，也许是结束之后或中间，但这与雪和火无关。

天空郁郁地降雪，开始是小星雪，东西不定，像密探，像飞蛾，像悲凉的二胡曲过门前扬琴的细碎点拂。散雪试探着落在河岸的鹅卵石上，落在荒地如弃尸般倒伏的衰草的茎叶上，落在我脸上甚至凝不成一滴露水。

我坐在杨树的树桩上，看天空越发阴沉的脸色。雪成片儿了，急急而降，像幕侧有梆子骤催。鹅毛雪应该是这样，使人看不出十米外的景物，邮票大的雪片一片追着一片，飞钻入地，像抢什么东西。不知一片雪由天而落需要多少时间。地面白了，因而不荒凉。树枝分叉的角度间也垛着雪。秋天翻过的耕地，如半尺高的白浪头。

我到林里捡干柴火，找一处开阔地拢火。我把皮袄脱下来当扫帚清理一块地，掏出兜里的废纸引火。初，火胆小，不敢燃烧，经我扇动鼓吹，慢慢烧起来。干柴火剥剥响几声，火苗袅娜扭捏，似乎于雪天有什么不妥。火苗的腰身像印度人笛声下的蛇一样妙曼低回，我不断扔干柴，火像集体合唱一样坦荡地烧起来，庄严典雅。

在篝火的上空，仿佛有一个拱形的金钟罩，把雪隔开了，急箭似的雪片仿佛落不到这座火宫殿上。我默默看着火，透过火的舞蹈竟看不到雪的身影了，如同透过雪的身影看不到树林的背景。

想起一位法国人说的话："火苗总是背对着我。"当你在野外观察篝火时，的确觉得火苗是背对着你。它们手拉手跳呼啦圈舞，最得意的那束火苗扭着颈子。

篝火不时坍下来，炭红的树枝挂一层薄灰。火堆边缘的泥土融化了，黑黑的如感动的面孔。土地也许认为春天来了，因而苏醒，用潮湿的眼睛看我。

黑湿的土地和雪形成圆的边缘，彼此不进不退。我的篝火仍然不知深浅地高扬，它们也许幻想可以把雪止住吧。

在火周围，雪片仍然肃穆降落，仿佛问题很严重了。

虽然惹不起火，但该下还是要下。那些不幸跳入火里的雪片，是惊是喜呢？但雪们谁也没想到这时候大地上竟有一堆火。那时，我穿着白茬羊皮坎肩，腰扎草绳，坎肩里是志愿军式的绗竖线军棉袄。我坐在树桩上，用木棍扒拉着篝火，也许在想家，也许在揣测爱情。总之，我现在已经忘了，那是知青时候的事。

火势弱了，火苗一跳一跳。雪片压下来，落在炭上遂成黑点，伴着微小的声音。我懒得再去弄柴火。雪最后把灰烬覆盖，一切归于平静。

往回走的时候，我发现雪已淹没了大头鞋。抬眼，身后不冻的茫古林郭勒河在夹雪的两岸流成了黑色，它沉缓涌流，间或浮溢白雾，仍有广大的悲凉。

许多年之后，在办公桌前填什么表时，面对"业绩、贡献"一栏，我真想填上："在雪里点起一堆篝火。"

下雪时，我仍有这样一种梦想。

在热水遇见诗人安谧

一九七九年，我从赤峰师范学校（中专）毕业参加工作，在昭乌达人民广播电台汉编部从事农牧新闻的采编工作。

广播电台的编辑们多为"文革"前最后一届大学生，比我年长十到十五岁。他们毕业于内蒙古大学生物系、历史系或内蒙古师范大学中文系，还有山东大学中文系、河南大学中文系、中国人民大学新闻系和中国医科大学的毕业生。

我是中专生，写稿子经常出现错别字。以往我一直按我的理解写这些字，原来在他们眼里还有另一套标准，即《新华字典》的标准。他们把我写的错字一一纠正过来。我没感觉到自卑，而觉庆幸。他们天南海北的闲聊，就让我大开眼界。尽管写新闻稿有错别字，我仍偷偷抱有文学理想。

那时我没发表过文学作品，如果非给自己加一个和文学相关的标签，只好说我有文学理想。除了理想，我在知青点写过两首七律和一首十六字令，由朱继新和陈希国用彩色粉笔抄在走廊的黑板上发表。1977年，我考入赤峰师范学校，读过一些文学的书。入职广播电台后，我写过简讯和消息，还没到达采写通讯的地步。

他们说，文学之路起步于黑板报的人，要攻克的第一座高山是《昭乌达报·青纱》文艺副刊，这比上黑板报难一万倍。在《青纱》发稿后，可以奢望在昭乌达盟文化局代管（文联还没成立）的文学期刊《百柳》上发作品，不光诗歌、散文，还可发表小说。

如果（进一步如果）在《百柳》上刊发过作品，可把作品投到包头的文学期刊《鹿鸣》和呼和浩特的文学期刊《山丹》上，如发表，这人差不多快成作家了。直到某一天（这一天不同寻常），他的作品登在内蒙古自治区最高的文学殿堂《草原》上，至此功成名就，也许已满头白发了。

1980年初春，我记不清从哪里听到一个消息，说内蒙古文联的《草原》杂志社要在宁城县的热水镇开办文学笔会。我特别想认识作家们，盼望能见到他们的面孔，听他们说话，见到他们走道的样子、吃饭的样子和写字的样子。

我爸请求王栋允许我参加这个笔会。我爸当时在昭乌达报社蒙编部当编辑，王栋是作家，著有短篇小说集《查干沐伦河的欢笑》，他是昭乌达报汉编部政文组组长，同时兼任盟内文学活动的领导者，负责承办这次笔会。

全盟各旗县出席笔会的作家一路同行，他们比我年长十来岁，谈笑风生，我一句话都插不上。那时我二十一岁，不会谈笑风生。到了热水镇，入住一家宾馆，这是昭乌达盟银行系统的培训机构，也是热水镇唯一的一座三层楼房。

宾馆里住着两种人，一是十七八岁的小姑娘，约有五六十人，成群结队，嘻嘻哈哈，挤满走廊和餐厅。她们是参加培训的银行新员工。另外就是自治区各地参加笔会的作家们，十几个人。他们大多三四十岁，也有人五十多岁。见到作家，我本想如章回小说所说"纳头便拜"，但没人向我介绍这些作家，不知道谁是谁，只好远远地望着他们惆怅。

我和本盟诗人鲍喜章、王燃、石犁住在一个房间。鲍喜章蒙古名德·巴雅尔，昭乌达报汉编部《青纱》副刊主编，他是不会说蒙古语的翁牛特旗西部蒙古人，相貌俊逸，步伐轻捷。王燃在团盟委工作，大脸阔嘴，带着沉静的微笑。石犁面黑，说话有点儿大舌头，每天望窗外唱三四遍《喀秋莎》。

他们刚进入房间就转入诗歌创作，令我惊讶。一人在地上往来踱步，口诵新作的诗，诵毕，其他人疾速评判，毫不留情。说累了，他们互相调侃，被调侃的对象一般是石犁。

我惊讶于诗歌原来是这样创作出来的，他们都能背诵自己的诗，不止一首。他们仔细安排每一个词、每一个字，这些诗像拆开后盖的手表，各种齿轮一起动，技术相当复杂。

说到这里，我要介绍一下《草原》杂志社的编辑，他们备受出席笔会的作家们的景仰。

《草原》主编，也是这次笔会的领导者是作家照日格巴图。他风度翩翩，汉语说得很好，音色清亮，他出版过骑兵题材的长篇小说。小说组长是汪浙成，南方人，北京大学毕业，身材高大，他和夫人温小钰共同创作的小说在国内反响很大。小说组编辑有丁茂，小说家。他讲的后山话像用刻刀雕刻硬木工艺品，执拗婉曲，但我一句都听不懂。

另一位小说编辑是上海人，名韦魁元（韦苇），他是我的短篇小说《向心力》的责任编辑。诗歌组的组长是诗人安谧，又名安米，山东省阳信县商店镇人，出版过多部叙事长诗和诗集。安谧的目光像一直在看着远方，又像沉浸在自己的世界里。鲍喜章、王燃和石犁私下对安谧十分敬重，也有点畏惧。他对稿子要求高。

笔会开始后，人们三三两两地分成好几堆，人总是要扎堆的，不在这个堆就在那个堆。我也想扎堆，但不认识别人，扎不进去。作家们把自己写的稿子呈送编辑审读，编辑拍板留用或退作者修改，空气比较紧张，人们不怎么说笑了。我两手空空，什么也没有。

笔会开到第三天，或许是因为我跟诗人住在一起，或许有不能破解的机缘，我忽然写起诗来，写了七八首，一气呵成。我把这些诗抄在几张白纸上，准备改十遍。人说每改一遍就进步一下，那么改十遍就会进步很多。但我实在不知道怎么改，眼盯着诗句竟一个字也改不了。

最后，我壮着胆子把诗交到安谧的手上。安谧拿过诗，看了一眼放在桌子上，什么也没有说。他从橘色烟盒拿出一支没过滤嘴的青城牌香烟点燃，吸完也没说话。

吃过晚饭，作家和编辑们照例到招待所后面的干河套散步。安谧找到我，他身旁还有包钢的诗人纪征民。我见安谧的眼神里流露慈爱，他看我看了许久，如果当时他再看一会儿，我估计会转身跑掉。

安谧说我的诗写得好，我真不敢相信自己的耳朵。安谧说我写的是真诚与自由，写得好。这回听清楚了，但我还是不敢相信自己的耳朵。耳朵里就跟打雷似的，脑袋震得嗡嗡响。

纪征民看出我的心思，说安老师赞赏你的诗写得好。我出汗，用手背和袖子擦脖子的汗、额头的汗、两鬓的汗，双手忙不过来。纪征民说，你很幸运，这种幸运不是人人都有的。我应该说"是的，谢谢安老师，谢谢纪老师，我一定好好努力"，但我的嘴像吃了哑巴药，说不出话来。

那是三月份，冬天还没过去，但我的棉袄很快就湿了，衬衣粘在后脊梁上。纪征民对安谧说，你看原野头发梢上挂着大颗的汗珠。

纪征民又问，你有手绢吗？这时候我终于说了一句话：没有。安谧把他的手绢掏出来递给我，我又说了第二句话：不用，我们从小到大都用袖子擦汗，不用手绢。安谧看我的目光好像从我的脸膛进入我的内心，并从我内心走到我生活的场景，再从生活场景走到很远的地方。

纪征民说，你回招待所擦擦汗吧，休息一下。我如释重负，跑回招待所。回到房间，刚好他们三人都不在。当时我想大声朗诵，又想跳舞。我觉得更能表达我感情的是翻跟头，或者站在床头往地下跳，或者到河套捡树杈子点一堆篝火。

这些激动人心的情绪渐渐消失了，我理智地想到一个问题：我的诗歌能在《草原》上发表吗？我反复回忆安谧、纪征民说的话，他们没提到发表。写得这么好，还不能发表吗？或者他们在好言安慰我，其实离发表还很远？

掌灯时分，鲍喜章、王燃、石犁回屋来，他们不再那么活泼，埋头打磨自己的作品。我没敢跟他们说安谧对我作品的褒奖，他们不会相信的，我不过是和他们同房间的一个小孩，他们忘记了我的存在。

第二天早上，我吃过早餐，见安谧和纪征民走入餐厅，他们坐在桌边吃馒头，喝小米粥，手剥煮鸡蛋。我坐在餐厅的角落里，看他们边吃饭边说话，时而哈哈大笑。纪征民是很能说笑话的人，他个子比安谧略高一点，鞍山人，灰白的头发从额前倔强地探出来，梳不回去。

他俩吃完饭，离桌走到走廊，我尾随其后，跑到安谧身边，问我的诗能发表吗？可能说太快，安老师没听懂，他站住脚看我，我又问一遍。纪征民大笑，说："原野问他的诗能在《草原》上发表吗？"安谧笑了，说这组诗都能在《草原》上发表，头题位置。

与其说高兴，从内心讲我是想大哭一场，哭这种东西从来都是比笑更强烈的情感表达。我跑下楼梯，一直跑到干河套，从干河套跑上山坡，站在山坡向四外眺望，再从山坡跑下来。那一刻，热水的风光在我眼前完全不一样了，那座楼房，河套两边的榆树，天空飞翔的小鸟都充满生机，富有灵魂，让我至今难忘。

第二天，我与安谧一起在鹅卵石堆积的干河套散步。纪征民走在安谧左侧，我走在他右侧，我把对文学的所有疑问，一股脑向安谧提了出来。

安谧慢悠悠地走路，耐心解答我的提问，但我一句也没记住，我觉得脑子里有电流嘤嘤作响，就是我们在木头电线杆子边上听到的那种声音。

其实和安谧散步不必提问题，没有生活的磨炼，别人提供的答案对你来说都不是答案。我偷偷地观察安谧。我想用"深深"二字形容他的目光，他深深地注视着山峦、村庄和树。在我看来，三月份的宁城大地一片荒凉，没什么好看，但是你顺着安谧的目光看过去会发现好多生机，或者叫诗意。

比如他停下来，面对天空流露赞赏。我疑惑他怎么会对空气微笑呢？我看过去，远处有一个黑点，细看是一只小鸟在逆风飞行。这只鸟像逆流而游的鱼，几乎停留在空中，急速扑拉翅膀。我哪里知道天空还有一只小鸟在做这样的功课。后来，我从安谧的诗里读到很多关于自由、关于不屈服的诗句。

我们路过村庄，一只小猫沿墙根儿偷偷摸摸地跑进院外的柴火垛里，安谧驻足看那个柴火垛。我刚刚开始作诗，不知道诗人看柴火垛应该用多长时间。我看见被雨水浇的发白的玉米秸秆的缝隙里露出小猫的半只脸，白额黑腮。小猫警惕地看我们，而安谧对着小猫笑。

那时候我隐隐约约明白一个道理：诗歌不在人的脑子里，也不在词语里，它藏在生活中，你一定瞪大眼睛把生活的方方面面察看仔细。诗歌是词语但不只是词语，它是生长在大地上的鲜活的美。几年前读到诗人特朗斯特罗姆的一段话，说语言其实对诗歌有很大的伤害，他说要逃离语言，那时我又想起了安谧。

我们住的招待所，每至傍晚，银行系统的姑娘们会下来做游戏。姑娘们一旦多起来，就叽叽喳喳，好像一把吉他、一支单簧管和一把小提琴在演奏乐曲。这些姑娘在楼前组成一个三四十人的圆阵。她们一律伸出双臂，手腕交叉一体，仰面天空。这是做什么呢？

她们在防止一只排球落到地上。排球被不同的手臂托起，再托起，球无论落到哪里都有手臂把它托起，伴随呐喊，总之不能让排球落地。而姑娘们的手臂如同彩色袖子的车轮辐条，手腕处露出白皙的皮肤。

安谧远远望着这些姑娘。那时我觉得看一个女孩子不应该超过三秒钟，最多四秒。所以安谧看这些打排球的女孩时，我在看自己的脚尖儿。我从侧面看安谧的脸，他脸上露出的笑容，跟看小鸟，看天空的白云，看墙角的小猫是一样的，是在赞叹生活无时无刻不在流淌的美。我觉得安谧很勇敢，我告诫自己也要做一个勇敢的人。

笔会上，还有两人对我友善。一位是乌兰察布盟（今乌兰察布市）的蒙古族作家甫澜涛，他管我叫小原野。他说甫澜涛这个名字是蒙古语而非汉语，澜涛是榔头的音译，他给我讲察哈尔部落英勇善战的历史。甫澜涛戴眼镜，留两撇威风的胡子，三十多岁。他性格沉默，跟我说这么多话，我已经偏得了。

还有一位叫李尧。熟悉澳大利亚文学的人大多知道李尧这个名字。他是英美文学翻译家，前额宽阔，留背头，气质洋气，穿一件中式带襻扣的罩衫，也是三十岁左右。我记得我们俩晚上常在培训中心三楼的会议室里聊天。他改稿子，我假装创作，房顶的日光灯发出嗡嗡的交流声。李尧改累了跟我说话，他说正在翻译美国女作家欧茨的短篇小说。他说那是一篇现代派小说，采用意识流的手法，翻译起来很困难。

他开始讲这个小说的开头，我接他的话头往下讲，一直把这篇小说讲完。他极为惊讶，我记得他脸好像有些白了，他问我怎么会知道这篇小说，我说我读过。

我告诉李尧我在广播电台资料室读过欧茨这篇小说。他感到失望，他的小说还没译完，别人的译文已经发表了。他问什么杂志，我说《外国文学》。

我年轻时记忆力比较好，好到什么程度呢？我读过一篇作品，可以把它背诵下来，错不了几个字。看一部电影能记住所有台词。我的大脑好像能把眼睛看过的文章复印下来，能记得哪句话在第几页第几行。我对李尧背诵欧茨这篇小说，措辞语气人物对话详细入微，李尧越显惊愕我越锐不可当。然后他掏手绢擦汗，我愉快地走出会议室，带着我的大脑复印机的功能。

我那时记忆力很好，不光文章过目成诵，听一首西洋乐曲，能记住各乐器在不同声部演奏的旋律。后来我有意掩饰这种能力，这是记忆，而不是创造。

再后来，此异能消失，用进废退真是不假。现在，我背一首古诗须用很长时间，有时还想不起别人的名字——"哎，你是小谁来着？"显得浑朴自然。

我在热水笔会创作的短篇小说《向心力》和组诗《假如雨滴停留在空中》先后在《草原》杂志1981年2期、3期发表。在刊物的目录页找到自己名字那一瞬间，我如被电流贯穿全身。小时候我随父母在五七干校生活时，听大人董贵山说，人摸到电，身上的虱子最先被电死。我在《草原》连续发表小说、诗歌，电流滚滚，足以把我身上的虱子电死好几个来回，而且几年之内不招虱子了。

作品发表后，如安谧所说：你会陷入痛苦。是的，我陷入长时间的苦闷，不知道下一步怎么走。初学写作者常遇到这种情况：歪打正着，不具备可持续发展能力。

回到赤峰，我时常给安谧写信，他的每一封回信我都读上十遍二十遍不止。他说你写作所感受的痛苦是你领受的丰美的果实，你慢慢就知道痛苦对于成功的滋养作用。他说最值得坚持的并不是创作本身，而是用真善美的文学眼光体察人生。他说比发表作品更重要的是懂得美，找到美。

他说最好的诗人听得见大地的呼吸，那里有森林、河流和民众的心声。他说善于发现美的眼睛同时能发现民众的苦难并视同自己的苦难。他说最高级的美学风格是质朴，但好多作家穷毕生之力也难以企及。他说要永远站在民众这一边，他们是沉默并生长万物的大地，有时是岩浆。安谧告诉我，值得终生阅读的一本书是惠特曼的《草叶集》。

按照安谧说的，我把《草叶集》读了好多遍，力图学到作诗的技艺。事实上，我没能力接受这么波澜壮阔的意象洪流，也读不大懂这些波涛汹涌的词语背后的深意。过了好多年，当我把杜甫的诗和惠特曼《草叶集》穿插阅读的时候，才明白安谧是希望我能够读懂惠特曼背后的雄浑与广大，懂得野生力量的美好，在二十世纪八十年代，安谧说过的话足以让人醍醐灌顶。

安谧比较沉默，但他言说起来很流畅，只是他常常沉浸在自己的世界里，没时间说话。他更多时候在说外国的诗歌思潮，推崇外国现代派诗歌的技艺。他说起欧洲、拉美的诗人如数家珍，对佩索阿、洛尔迦、希梅内斯、米斯特拉尔、聂鲁达、里尔克、策兰、米沃什、阿赫玛托娃、帕斯捷尔纳克一一做出精当的评析。

安谧喜欢说到美，他认为美是人间最难捕捉也是最值得捕捉的东西。那些美藏在小孩子的笑脸上，藏在云彩里，露珠里，在马的瞳孔里，却转瞬即逝。

我把安谧所说的话归结一起，得出了一个结论：一个人毕其一生发现美并把它化为文学作品，这一生都没白过。这个结论和人们熟知的建功立业的抱负不大一样。但我相信安谧老师是对的，追寻美可能一事无成，也可能一生无成，但值得。

这种值得就如同浮现在安谧表情上的那种欢喜，这就是一切。这样的一生即使卑微也比趋炎附势而显赫更愉快，诚实的一生是最好的一生。

后面几年，我没写出什么东西。但我知道，安谧对我的指导可以变成石料木材，能垒一个房子，这个房子就是人们所说的世界观。人住在这样的房子里可以像惠特曼笔下的草叶一样自由地生活。

安谧说：去到达美，要穿过苦难，穿过无人的荒原，以自己为伴并与自己为敌，孤独前进。从美到达美就像从一处森林到达另一处森林，从一处荒地到达另一处荒地。你并没有占领什么，也没多出来什么，你还是一个像惠特曼那样的赤脚的南方棉田的农夫，但你的心灵由此澄澈。安谧说，到那个时候，诗歌自然而然就成了。

事实上，安谧就是这样的人。粗粗一看他像个农民，但他脸上有非常丰富的表情，他对于周围的一切体察入微。他笑容慈蔼，目光里又有儿童的光亮。有人说安谧刚直不阿，他与人接触却很体谅对方。他穿衣吃饭朴素，但他诗的追求十分华贵。

他的诗句里有最值钱的璎珞珍珠，那是他辛辛苦苦从诗的深海淘洗出来的宝贝。安谧不在意别人理不理解，他如李白一般我行我素。向远方眺望的时候，他的心在诗里。

热水笔会后，我去呼市拜访过安谧。那时候他还没生病，见到我很高兴，设家宴招待。他为主，我为客，就我们两人。安谧夫人柴老师准备了丰盛的饭菜，有火锅，以及享有盛名的赤峰陈曲。按照我们赤峰的习俗，请客一般会找来好多陪客的人，既把来客请了，也把其他人捎带请了，比较经济。

但安谧宴请只我一人，他是出身内蒙古骑兵的赫赫有名的大诗人，我不过是一个中专生。我们俩坐在他家里边吃边喝。他的女儿安心像小猫一样在屋里走来走去，用顽皮的眼光瞟我们。

后来安谧生病了，在病床上躺了好多年，偏瘫失语。他生病时正值他思想和艺术进入最为厚重丰盈的阶段，他的一生好像都为此刻的诗歌创作而准备着，却不能写诗了，这对他来说有多么痛苦。

安谧住院后，我从沈阳到呼市探望过他两次。他高兴，但每次都会流泪。这让我心里很矛盾，怕情绪起伏对他的病情产生不好的影响。但还是想去亲眼看看他，摸摸他的手，看看他的样子。

我到沈阳之后，给安谧老师写过几首诗，当时他躺在病床上，由他的家人给他念。有一次我收到了安谧的回信，写在一张A4的复印纸上面，他写——"原 野 我 想 你"，这几个字写满了一张纸。圆珠笔的笔迹弯弯曲曲，不知费了多大的力气，用了多长时间才把这几个字写出来。看到这张纸，我不禁大哭一场。

还有一次我去呼市看他，我知道他脑子很清楚，想知道他对一些事情的理解。我问安谧老师，"五四"以来新诗谁写得好？他说了一个词，我听不懂。他家里人为我翻译说"昌耀"。我说还有别人吗？他摇摇头。

我问他，你的诗写得好吗？安谧说不好，这回我听清了他说的话。说着，他的眼泪拉成长条从眼角流下来。慢慢地流，慢慢地流。我知道他内心的痛苦。

即使如此，安谧的诗拿到今天看也是好诗。这样说并非安谧当年提携过我。安谧不喜欢拉帮结伙，他认为美是真理，拉圈子则是无聊。安谧写东乌珠穆沁那些诗写得多好啊，无论是诗意，还是音韵。安谧写了六部长篇叙事诗，四部歌剧，十一部诗集，我最喜欢他的诗集《手拉手》和《通天树》，经常拿出来读。

安谧喜欢蒙古族文化，他喜欢东乌珠穆沁草原的牧人和那里的河流与鲜花。他认为东乌珠穆沁是人间圣境。他喜欢蒙古族诗人其木德道尔吉，常常跟我说到他。

有时候我遇到别人提问，在内蒙古谁的诗写得好啊？这个问题不大好回答，你一答就得罪了一片人。即使是这样，我会把我的感受告诉这些朋友：内蒙古文学七十年，用汉文创作的诗人，安谧写得好。

1976年10月，安谧在呼和浩特的广场上朗读他的诗《目光是一种物质吗?》，得到在场几千人雷鸣般的掌声。安谧在"文革"中被派到一个商店卖菜。即使这样的遭遇，也没改变他对国家必将走向民主富强之路的期待，没有改变他博爱丰美的精神世界。安谧逝世已经十三年，他的诗仍然根植于内蒙古乃至中国最好的诗林之中。

我的老师是安谧，是的，虽然我现在不写诗，但我没有停止过对诗歌的学习。读诗是我生活中必要的功课，读得越多，越能认识到安谧的宽阔睿智。在散文创作中，我以能写出诗意为荣，尽管这很困难，但这是我写作的理由之一。

有时候我写出一篇好作品，心里会想安谧老师看到该怎样评价呢？他不评价，看到喜欢的作品，他满意地微笑，长时间地注视你。这就是莫大的褒奖。

诗是什么？我至今说不清楚，但它肯定不仅仅是分行的文字。它是在生活任何地方都可以找到的金矿石，包括在苦难和荒诞中，也包括幸福和欢乐里，大自然、动物和孩子身上有更多的诗意。

我感谢安谧老师为我奠定了好的美学观念。我也感谢自己按着安谧老师指引的路径一直往前走，没犹疑。我觉得在老师的目光下，投机取巧的东西，不诚实的东西，以文学为工具的想法都不值一提。

我走上文学之路已有四十年，庆幸一开始就遇到了安谧老师，庆幸我前往热水遇到了诗人安谧。想起安谧，就想起阿古拉泰诗中说的——如"仰望一朵白云越飞越高"。

字在纸上长成青草

我一直在稿纸上写作，爱用每页三百字或三百六十字的稿纸，面对稿纸上密密麻麻的方格子，感觉很新奇。字写满一张纸后，我感觉这页纸活了，好像她在森林里睡了几十年的觉，这些字在她脸上爬，由于发痒而醒过来。

我相信字有灵，"林、春、水、天、地"这些字与它们包含的内容有关联。"天"这个字比你更了解天，"春"这个字也比你更了解春，而"春"所知道的事情只跟米有关。虽然长得相像，"春"和"春"之间并无血缘。

这些字在稿纸上相遇，互致你好，问：你从哪里来？你来这里多久了？我已经看到它们彬彬有礼，所以我尽量把字写得好看些，让它们见面时能够互相欣赏。字之貌，不一定长得都像王羲之、赵孟頫，像人不必都像电影明星。我喜欢露水、月亮、鲜花、虫子、鸟和鱼这些汉字，写到它们就想到它们，后来我干脆以它们为创作内容，这样就有机会多写到它们。如果没内容，在稿纸上写一百个"春"字，很像精神病。

我觉得我写的字也愿意被我写出来，它们像外边的人来到有林木阴凉的花园逛一逛。从书法说，我的字好也好不到哪里，但不生硬，不凌厉，不义正词严，比较内敛。这样，字和字相处起来比较舒服一点。那些气势凌人的字搞在一块儿肯定要打起来。有人喜欢以霸气的字体写什么"豪气"啊、"拼搏"啊，听着都吓人，把这些字放一起早晚出人命或字命。

我喜欢写天空、大地、河流、草木。路在青草的山坡转弯，竹林里的小鸟如喉咙里含了露水一样啼鸣，星星趴在银河的堑壕里朝这边看，潭底的游鱼尾巴甩一下才不至于让人误以为它们是黑色的石头。我觉得这些事都是大事，正如有些人认为这不算事。我认真地办这些事，书写大自然，这是多大的事啊！粉色小虫子从树叶上爬过；草原上的星星好像会在后半夜发出蒙古栎树的气味；猫从灌木里蹿出并回头看，它肯定没干什么好事；红瓦因为吸足了雨水而鲜艳；牵牛花像留声机喇叭，感觉它听到莫扎特的音乐脸会发烫。我慢慢写下这些情景，虽然别人觉得这是一些小得不能再小的事，但我一写就感觉自己是一个办大事的人。有时路过商店的玻璃橱窗，稍微看一下身影，有点像办大事的人。

这些字曲曲弯弯地在稿纸上爬行，如同蚂蚁的行军队伍。作家不就是蚂蚁吗？每天奔波，搬面包屑做明天的粮食。即使有的作家自感气势干云，他也不过是文章蚂蚁。一个人如果真的气势干云（干树梢已不错了）就不去写作，而去别国侵略了。字被写好之后，它们会在黑夜里串门，黑墨水写的字在夜里活动不容易被发现。它们像蚂蚁一样爬到别的稿纸或别的文章里看一看、嗅一嗅，挑挑毛病。字变成蚂蚁之后，每个字都像"兆"字，有些像"究"字，这是字里的大干部，头戴珊瑚顶子的冠冕。想到这个事，我心里很高兴，虽无高官厚禄，但有文字蚂蚁，它们代表着星空、青草和牛羊。我的书桌可称蚂蚁窝，简称蚁窝。但不可称蚂窝，好像我跟蚂蟥有什么默契。

如果你观察过脚下的青草，会发现一株草长一个样，草叶的长短，俯仰都不一样，如中国画兰草的撇与捺。草——好听点叫青草，世俗点叫杂草——从脚下长到天涯，有山它们能翻山，有河它们过不了河。它们无边无际，没完没了，不怕烧不怕踩更不怕风吹日晒，这是一些卑微的生灵。我之作文虽写天空大地，却没因此得到高度和厚度，我只是写大自然。我写它们是喜欢并尊敬它们，它们不会赏给我钱，因为它们不是企业也不需要广告。大自然是卑微的，它们只用自己那一小份——无论是树、是草，它们安静，比人更有理性。中国古代哲学家把自然界呈现的理性称之为道，人无论如何也得不到道的。而动植物无一不得道，否则一天也活不了。道是本分、节制、无妄想乃至一切杂念，唯其卑下微小，而得广大充盈。我的字或者叫文章内容，也可归于卑微质朴之类，像地上的杂草。如果真像杂草倒好了，随时随地可生，也没人去挖去卖去熬汤，去扮演残疾的盆景。曾有人质问我，你怎么写个没完没了。我不理解他这问话的含义。难道我不应该写散文而卖拉面吗？是不是打麻将更符合中国人的人性？然而我不打。要打也打坐、打太极拳。青草不是每年春天都出来吗？它们不会延迟也不会早到。青草遍地，你看上去多，其实它们不多也不少，只有那么多。就像蚂蚁看上去多，其实也只有那么多。世上不光有青草，还有高大的乔木；不光有蚂蚁，还有大象。让蚂蚁和大象各得其乐吧！

每个人理应
赞美一次大地

大地超出人的视野，它的身影如同落日的黄金射线。

银河的手臂

　　从小到大，看周围，没改变的只有天上的星星。

　　它们没少也没多，这是我的猜想。我小时候不止一次数星星，但没有一次成功。星星像倒扣的扎满了窟窿的水桶，射入桶外的光亮。星星像深蓝海滩晾晒的珍珠，风干后发出贝壳的石灰质的淡光。星星是天外不知疲倦的守夜人，记录着地球的转速。星星假如少了——比我出生的时候少了两颗——也没人发现，更没人痛心、追查或在网上搜索。所以我无须什么证据就可以说星星没变化，星星一颗都没有少，没被拆迁以及列入GDP。星星像夜的森林中的无数野猫的眼睛窥视人间。

　　我看到星星会想到童年。我觉得童年的星星大而亮，离人间比较近，我甚至想说出那时的星星也处于童年。为了不让人笑话，这话还是不说的好。我童年的地方有两山、一河，三层的楼房有三座，最繁华的莫过于满天星斗。那时有人逗我，说天下只有赤峰有星星，其他地方的夜如铁锅一般沉闷。这人还说那些下火车、下汽车的人，就是从外地来看星星的人。我听了真是自豪，以为星星是赤峰夜空结出的果实，像杏树结香白杏、桃树结水蜜桃一样。我从赤峰七小放学经过长途汽车站，见下站的人——他们东张西望，灵魂像被售票员收走了；牧区的人冬天穿着沉重的皮袄，脚蹬毡靴；有人拄着拐棍。我见到他们心领神会：唔，又是来看星星的。夜晚看星星的时候，我在心里分享外地人特别是牧区人看星星的喜悦。

小时候，我家络绎不绝地经过各路亲戚，他们到我家，然后去北京或呼和浩特，还有人奇怪地前往集宁，或者从北京、呼和浩特、集宁到我家休息一段儿，回他们自个儿家。一次，我大着胆子问一位亲戚：你上这儿来是看星星的吗？他竟想了很长时间，说是的。我又问，那你去呼和浩特看什么呢？他说看病。

天没亮，我和我爸我妈乘火车去甘旗卡，马路上所有的路灯都照着我们三个人。我爸的咳嗽像是问候路灯——它们在寒冷的夜里没结霜花，空气中带着冬天才有的铁锈味。星星挤在南山的背后，说它们潜伏在山后也没什么大毛病。南山戴雪，黑的沟壑如马的肋条。在新立屯我们吃了马肉饺子，我爸知道后很生气，我觉得味酸。

星星从克什克腾、巴林左旗和右旗那边飘到英金河的水面上，我趴在南岸，从草叶的缝隙往河里看——星星在洗澡、在悠游、在串门，而一颗空中落下的鸟粪吓跑了河里所有的星星。

我今天仰望星空的时候，关于星辰的知识一点儿没增加，而星星既没多也没少。观星使人感觉自己是近视眼，看不清它们，而它们又确凿地存在着。星星没有老，是人老了。星星没被氧化，它们身上没有自由基，不会脱发与肾亏，更不会得结肠炎或酒精肝。说到底，谁也不知道星星是什么，约略听说它们是发光的飘浮在太空的石头，这只是听说。人到老，对星星的了解也就是这些。印度裔物理学家钱德拉塞卡比我们知道得多一些，说星星也会变瘦、变矮。当我们听说我们眼里的星光是千万年前射过来的之后，不知道应该兴奋还是沮丧，能看到千万年前的星星算一种幸运吧？而星星今天射出的光，千万年后的人类——假如还有人类的话——蝾螈、银杏、三叶草或蕨类才会看到。如此说，等待星光竟是一件最漫长的事情。

群星疏朗，它们身后的银河如一只宽长的手臂，保护它们免于坠入无尽的虚空。

火

蒙古人不让人往火里掷石头，不许往火里泼水，不可以向火吐唾沫，他们不允许轻慢地对待火，就像人不能往自己父亲的脸上吐唾沫一样。

蒙古人认为火是生命，是神灵。

蒙古人这么想很对头，火如果不是生命，世间哪还有生命？所有的命里面——无论是小虫的命、老虎的命、人的命、树的命、云的命——最旺的就是火的命。

火的命长在身体外边，飘摇、高举，似蛇的腰，且热，能把人烧出油来。火除了怕水，不怕一切。我在大连中石油的火灾中得知，火可以把十厘米的钢板烧成纸那么薄，把一米厚的水泥隔离墙烧成粉，把钢板管道烧得吱吱响。

火，你到底是什么？请告诉我们真相。

大连的火灾让人知道，燃烧是火，不燃烧也是火。不燃烧的火藏在管道的油里，遇到氧气才现形；现形之前，它仍然是火，只是人类的眼睛看不见。它用热辐射把金属灯柱烤弯，剥夺人身上的汗液甚至生命，这就是火。

火像花朵，是跳舞的花朵。火苗们手拉着手跳转圈儿舞，橘红的火焰镶一层红边儿，白色的火焰镶一圈儿蓝边。火的头发如烈马之鬃，火是一匹马。

用火柴点燃一张纸的时候，纸抽搐，曲折的黑色边缘收缩。火苗初起很小，火好像胆子也很小，烧大之后，火伸开腰，吞掉纸吐出灰，火随之消失。

释迦牟尼佛问弟子：火苗去了哪里？

是啊，火苗去了哪里？纸烧没了，木柴烧没了，煤烧没了，火也没了，但木柴有灰烬，火却无痕。火到底去了哪里？正如它来之前曾藏在一个地方，那个地方不是火柴盒，也不是打火机。火那么大，那么旺，没有一个地方能藏得住火。火在哪里待着呢？

旧日的油灯里有另一样火。油灯的火苗如一颗黄豆，不大不小，像一颗左右挪动的金豆子，这是儿童的火，又像安静的农妇的火。这个火不野，也不跑，它熟悉农民的脸，认识母亲缝衣的针线。油灯照过并读过许多旧时的书，现在的话叫"通晓国学"。

秋天，我在悬崖上看见一小片枯草，金黄着贴在地皮上。风往悬崖刮，我点燃这片草。正午阳光，竟看不到火苗。火苗在阳光下穿了隐身衣，而草在一瞬间变成黑色，好像黑的灰烬占领了金黄的草，黑色一直冲到悬崖边上。我觉得很神奇，像一只变魔术的手把草变没了。

一名参加过大兴安岭灭火的老兵问我：如果山下树林起火，卷到你所在的地带，你往哪里逃生？

我说逃到没起火的树林里，肯定是这样。

他说，起火天一定是刮风天，火跑得比你快。你背着火跑，肯定被火烧死。

我讥讽他：难道往火里钻吗？

他说对。凡是在山火中活命的人都是往火里钻的人。火的燃烧带只有几米宽，最多十多米宽。人用三秒钟就可以跑出十米远，跑过燃烧带，就是火烧过的安全地带。

他说得有理，越想越有道理。

大凡面迎困难的人，困难都没有人所想象的那么艰难。山火中，丧命最多的是动物。动物肯定顺风跑，它们不敢往火里钻，结果被烧死。人的聪明这时候有了用处，顶着火跑，保住了命。

暗夜里，火是乱发的武士。火好像全是雄性，全急躁，全追着风往前跑，只不过木柴和煤扯住了它的脚步。火生于大地熄于大地，火是遁形的精灵。人只可扑灭一处火，而不可能消灭火。火和水、和天空大地一样，是永恒之物。

树的尽头

　　琴、乡下的门窗、板凳、寺庙里的木鱼，这些东西的前身是同一样东西——树。

　　它生长的时候，人们叫它树。树离开大地之后，叫作木头，叫黄花梨木大床，叫紫檀木棋盘，叫炒菜马勺的把儿。木头当年在树们的岁月里，身上长满绿叶，沾着露水，是鸟儿的家。当白箭似的急雨斜穿而过时，树像顶着雨赶路。雨在树的脚下噼啪打出水花，树身像雨衣一样反光。树木奔跑，直到眼前出现一片野花。

　　树叶让树丰满，如同大鸟。树在树林里度过了一生最幸福的时光。

　　小时候，我家东面有一处锯木厂，每一天都传来电锯声，包括木头锯透后电锯发出的袅袅余音。我从三四岁就听到这种尖锐的声音，七八岁时，同家属院的小孩一起参观这个厂。锯出白茬的方形木料堆有三层楼高，让你产生幻觉，好像你变成一只蚂蚁仰视火柴盒里的火柴棍。院子里全是松脂的香气，松树的红色鳞片堆满地面。现在想，我老家一个小锯木厂里，半米宽、半米高、十几米长的松木方料竟堆积如山，这么粗的松树得长五百到一千年，这是何等富有啊！我长大再没见过这么粗的松木。五六个工人把松木的一头抬上操作台，工人用肚子顶着松木推向电锯，"吱——"，电锯怪声怪气地叫嚣，松脂香气越发浓重。我觉得锯木的工人已患有成瘾性疾病，他们见到所有的树都想用肚子和肩膀将之顶向电锯，把浑圆的树变成白茬、有纹理的方料。离一垛垛的方料不远，是一条铁道线，木头从兹前往各地。

树不知自己身上哪一部分变成门。这一部分树变成门之后，成了一个家最重要的成员，它叫门，古语称之为户，替这家遮风挡雨。这家人每天用手摸到门，开门关门。门远离森林已经很久，绿叶和露水永不再来。门上有锁，安玻璃，没人再记得它曾是一棵树，是树身上的一部分。门上年轮的花纹被漆覆盖，花纹在漆的黑暗里回忆森林的绿荫。

有的树变成琴，只用一小块木料，制成琴杆和共鸣箱。琴是树最为文艺的出路，发表乐音并倾听乐音。在音阶的五个全音和两个半音的无穷组合中，琴身的木头听遍了人间苦乐。旋律使它们迷了路，忘记了森林的一切。不同的树让琴声明亮、幽怨、沉思、多情。用放大镜看木板，是无限穹庐，像蜂窝一样，藏着无数小共鸣箱。

木鱼是寺庙的法器。鱼日夜睁着眼睛，僧人以木雕鱼做成响板，取警醒之意，戒怠倦。木鱼的声音幽远、玲珑，是另一种梆子。树成了鱼之后，以声音在寺院的静水里游来游去。

土离我们还有多远？

花日村在大雁山的后边。"花日"就是花儿，蒙古语"花"的音译。这个词也是对汉语的借用。蒙古语中，"花日"是花，"讷日"是名字，"觉日"是画，"怒日"是脸蛋子，"夏日"是黄，"穆日"是脚印，"海日"是珍惜，都好记。

为什么叫花日村？我问吉雅泰。

花日是外号，这个村的人爱种花，实际上叫大雁村民组。吉雅泰回答。

花儿——大雁，这些名字都好听，纯朴而遥远，以后人们会离它们越来越远。沈阳航空博物馆附近有一家"大雁肉烧烤店"，我看了——心情怎么说呢——不知人类遭受灾祸时，会不会想起他们曾经对动物这么无情。

我们走上大雁山顶往下看，花日村没什么花，每家门口有三四棵柳树。房子没铺瓦，屋顶的泥巴被太阳晒褪色了，燥白。土埋在地里原本都是新鲜的黄色，土也氧化。进村，见每家窗下摆四五个木制箱子。不是蜂箱，是花箱。

冬天卖橘子的木制包装箱，里边垫一层塑料布，盛土栽花。

这些土可了不起。吉雅泰说，草原没有土，是图卜勋老汉套驴车从外地拉来的土。

草原没有土吗？这真是个奇怪的说法。广阔的草原怎么会没有土呢？草原难道是塑料的吗？然而，草原真的非常缺土，或者说绿浪翻滚的草原只有薄薄一层表皮的土。这层土珍贵呀，它是无数青草用根须编结的半尺厚的土毡，是草原的衣裳，下面的流沙无止无休。鄂尔多斯草原水草丰美，它也是央企主力煤田的所在地。《半月谈》杂志二〇一〇年第十期报道："那里有上湾、榆家梁等千万吨级的矿井，高管每年拿几十万元的工资。采矿的结果造成地表塌陷，植被枯死，水源渗漏，土地不长草。"没土了，怎么长草？煤矿开采区的牧民背井离乡，生活穷困。煤采完，草原失去黄金般的土，将变成永远不适合人类和动物生存的无人区。

蒙古人珍惜草原，包括珍惜这一层薄薄的土，它是草原有血有肉的皮肤。剥掉这层皮，草原就死了。祖祖辈辈鲜花盛开的故土，死在了GDP上。野花在草原盛开，野花只用它自己脚下的一盅土。它怀抱自己的土，死后又用枯萎的枝叶填充自己用过的土。除了土，野花一生什么也没有，它们知道报答。

牧民们不挖草原的土栽花。草原的花儿比海洋的浪花还多，还需要在自己家里栽花吗？要想栽，自己去弄土吧。就像花日村每家门前摆的木箱子，土像在河床里那样细腻，挤在木箱里，举着娇艳孤独的花朵，如礼物。

图卜勋的家住在村子最东边，比别的家低矮。屋顶西北角已经露天了，还没用泥抹上。门口大鹅叫，老人猫腰从门口走出。他身高一米八多，开口笑，两撇灰胡子从上唇垂下来。

看花来了，吉雅泰说。

嗨，都是乡下的花。图卜勋双手在裤线上蹭。他的花木箱放在窗台上。一箱秋海棠，个头矮小，紫红的花瓣像蜡做的。一箱三色堇，也叫猫脸花，每朵花上有蓝、黄、白三种颜色。还有一种花的茎像注满了水，躺在土上不起来。它的叶子如小香蕉，肉乎乎的。

这是什么花？我问。

太阳花嘛。今天阴天，它不开了。老汉说，它的脾气很怪，太阳出来才开花，红的黄的小花。

老汉指那箱高植株的花，这是指甲花。春天的时候，苗是红梗就开红花，白梗的开白花，它们不骗人。

老汉笑起来，皱纹遮住了眸子。他说，指甲花也有脾气啊。花儿谢了，胳肢窝长出一个小口袋，不能碰，一碰就像弹弓那样，把种子射出去了。

这是好事啊，吉雅泰说，自动播种机。

这个事都是瑙浩做的，老人说。

瑙浩在蒙古语是"狗"的意思。我说，狗聪明。

不是。老汉喊：瑙浩，瑙浩——

跑过来一只白爪白嘴的小黑猫。

老汉说，它名字叫瑙浩。秋天了，它上窗台专门碰指甲花那个小口袋，然后去抓蹦出来的种子。

黑猫舔舔白爪，像说"是这么回事"。

养花的土是你用车拉来的吗？我问。

是，我干不动活了，套驴车拉点土，送给各家种花，也有种柿子的。老汉回答。

咋不上草原取土？我问。

那不行，咱们从来不挖土，土下面就是沙子。你看那些出夏营地的牧人，他们套牛车走，在这个地方支蒙古包住两个月。回家了，把木头楔子拔出来，土踩实。你在草地上钉一个楔子，拔下来不踩好，这块土就破了，像伤口一样，不长草，沙子从下面冒出来。嗨，土就像肉一样，咱们不破坏它。

什么人破坏土？

唉，老汉叹气，伸胳膊指门外，外边来的人都破坏土。他们不心疼土，开矿呀、种西瓜、种药材，第二年再换地方。种过地的土全都沙化了。开矿更完了，河都完了。

你拉的土是从哪儿破坏来的？吉雅泰开玩笑问他。

我的土不是破坏。老汉挺直腰板说。春天，西拉木伦河的冰化了，发大水。水退了，岸边留一尺厚的淤泥，我套车把泥拉回来。挖泥也不要在一个地方挖，第二年发水，让挖过的地方淤平。

离这儿远吗？

远，吉雅泰说，西拉木伦河离这儿五十多里路呢。图卜勋老汉带着干粮，车上拉着瑙浩，还有咪咪——咪咪是他家狗的名字，到那里拉土，一回拉五六个木箱的土。

图卜勋笑，他的脸、脖子和胸膛都是红铜色。他举起四根手指，一回拉四箱土，一箱十斤吧。

名叫咪咪的细腰黄狗跑来，坐地下看老汉伸出的手指。

老汉的儿子和女儿都在日本留学，吉雅泰介绍。

老汉笑着伸出三根手指，孩子在日本工作三年了。他说，看看我的驴车吧。

绕到房后，我大吃一惊，驴车上扣一个驾驶楼。铁皮钻眼，穿牛皮绳子系在驴车驾杆上，驾驶人坐铁皮楼子前面。

现代化。老汉说。

小毛驴拴在车边上，低头吃帆布袋子里掺黑豆的干草。图卜勋套毛驴，咪咪和璐浩迅捷地钻进驾驶楼，坐在人造革长椅上，从挡风玻璃里严肃地向外看。

你们坐上吧，绕村子转一圈，老汉邀请。

不坐啦。我们辞谢。

毛驴抬头，仿佛闻空气有什么味道。南风捎过来草的气味，我想起西班牙诗人希梅内斯写给小灰毛驴普拉特罗的诗："这路边的花多美呀。许多牛啊、羊啊，还有人，从这些美丽的花旁走过。而花呢，仍旧立在路旁。花的一生就是春天的一生。然而普拉特罗，如果我们让这些花在秋天也为我们开放，用什么办法让它们永远鲜艳呢?"（赵振江译）

我见过爱钱财、爱肴馔以及爱珠宝的人。我也见过爱土地的人，但他们仍然把土地当作母鸡，生农作物的蛋。图卜勋老人是我见到的最爱泥土的人，仅仅是土，就让他欢喜不尽。村里像蜂箱一样栽着鲜花的土，是他赶车从河边拉来的。而草原上的土，在他眼里是一片不能触碰的血肉。

我有些走神了——我所想的是——以后我们的国土会不会没有土了，被风刮跑或被河流冲入海里。土，这个最土气的词将会像矿产资源一样成为珍稀品，应了那个词——"稀土"。春天里，北京、石家庄、沈阳的人为沙尘天气所刮来的土而责怨。细密的土落在人的衣服和车上，让人烦。然而，它们仍然是珍贵的土。以后土搬家了，甚至沉入黄海，永不返回陆地。再往后，刮在人脸上和车上的全都是沙子，想见土已经见不到。这不是妄言，沙漠的风里，没有一点点土。

　　中国人如果为了工业化而丧失蓝天，丧失鱼儿游弋的河流，最后连土都不复拥有，后代会说他们并不需要工业化，他们想有一片有土的土地。成吉思汗陵所在的伊金霍洛旗乌兰木伦镇的一百零八个自然村已经有四十九个丧失了土，地因为采煤抽水而塌陷，这些村子消失了。

　　图卜勋把两箱花装到车上，说送给村西的白喇嘛。驾驶楼里的猫狗把爪子搭在木箱上，花朵在它们鼻子前面摆动，使它们像在嗅花的香气。图卜勋步行，在离毛驴一米之远的地方挥着鞭子。鞭子系一根细细的鞋带，上面拴着碎布条，打上去，驴也不会觉出疼。

河床开始回忆河流

　　大地上的河床像一个干瘪的口袋，粮食没了，口袋显出宽阔。我在各地见到许多干涸的河床，它们不是耕地、不是广场，是从天边延伸而来的河床，只是没有水。

　　所谓一无所有，说的正是河床。如果有，也只有一些鹅卵石。夏天，不长庄稼不长草的土地是干涸的河床。乍见白花花的河床，心里惊讶，它是什么？它几乎什么都不是。你能相信一条宽阔的河流竟然一滴水都没有吗？在雨后，在盛水期见到干涸的河床让人不安，无法想象当年这里曾经有过河，可以用汹涌、清澈、波浪和白帆形容的河，它竟然没了。

　　对大自然来说，河没了，比人丢了钱更痛苦。如果河没了，鱼和水鸟的家也没了。两岸的青草没了，倒映在河里的星星也没了，因为星星不能倒映在石头上。如果河没了，连同河床一起消失是最好的。没有水，留下的河床好像是伤疤，是一条长长的干鱼的尸体。是的，干涸的河床如同尸体。是谁的尸体？是河的尸体吗？没听说河竟然还有尸体，水干了，白花花的河底只能是河的尸体。

干涸的河床好像在回忆，它抱着不应该拥有的沉寂回忆涛声和蛙鸣。河床回忆什么是水，它不知道水流到了什么地方，也不知道水会不会再来。当年水来的时候匆匆忙忙走过河床，带来鱼虾和泥沙。水没等站稳脚跟歇息，就被后面的水挤走了，水比车站的人流更拥挤。河床从来没想过一条叫作河的水流会干涸，这种惊讶比一个朝代的更迭更让人吃惊。

河床的悲哀是一个母亲的悲哀，她的产床上已经没有了孩子，她还在等待，并且哭干了泪水。一家外媒报道，从卫星上观察，中国境内二十年前约有五万条河流，现在这些河流中已经失去了两三万条。有两万多条河床母亲手里失去了孩子，她们怀里空荡荡的，等待人类把孩子还给她们。

人说，人是无所不能的，起初我不相信。当我看到一条又一条干涸的河床时，我相信了这一点，并为自己作为人类的一分子而感歉疚。人把河都消灭了，还有什么做不到吗？消灭一条河比建造（请原谅我使用的"建造"这个词，这完全是人类爱用的词，而河流无法建造）一条河更容易。把河流上游的树木和竹林砍光，草原沙化，河就死了，只剩下河床这条殓尸袋。

当大街上出现一个带刀痕的死人时，警察会为这个人的死因搜寻原因，曰侦查破案，人类为此发明了一个词叫"人命关天"。如果一条河死了，没人破案，没人痛哭，更没人祭奠。所以，当死去两三万条河流时，人们并没觉得失去什么，因为他们不是小鸟不是青草。他们忍受气候变化并心安理得，却没一个人指认杀死河流的凶手。在所有的案件里，如果凶手不是一个人而是一个社会的时候，罪行自然会被赦免，我们都不是罪人。

我们都不是罪人，我们劝自己欢乐并制造更多的欢乐。电视台从国外引进娱乐节目在媒体上操纵人们哭笑，让人保持人的正常情感。而河床敞开空荡荡的怀抱，她的孩子没有了，她以为人会惊讶会替她找回孩子。先前的人类离不开河流，人类所谓的"文明史"都诞生于河流的两岸。看地图，人类的城市多建造于河边，中国有多少城市的名字带着水字边。古时候，人祭祀河、景仰河，后来竟搞死了河。人爱说"算你狠"，搞死河者，何止于狠，是把事做绝了。

　　我觉得人类应该派一个人到河边告诉河床，河已辞世，水利术语叫断流。他们理应为河床献上一些祭品表达歉意，河的消失毕竟算是大事。或者，他们在河边装一个高音喇叭，日夜播放河水流过的声音和鸟啼声。总之，人应该为河的陨灭略微表示一点态度。

黄　土

世上我所珍爱的，今天才知道包括黄土。

我说的黄土，是那种新鲜的、无忧无虑仰卧在无垠大地上的——什么呢？亲戚、朋友、长辈或伙伴？——总之是黄土。鲜润的黄土比鲜润的女人更惹人爱。人们走过它们，弯腰，以十指插入土里，攥一把，捏出个形状，放在眼前看。黄土好呵，清洁。朴实而又清洁，这不令人神清目爽吗？好黄土一点不脏，像粮食那么干净，但排列得更紧密。你如果把黄土放在鼻下吸嗅，说"香"也许矫情，说"土"仿佛什么也没说。但这气息的确有一种直抵丹田的力量，不飘亦不滞，可以扑面而来又依偎着你。黄土的气息和麦子、高粱以及杨树的味道均有亲属关系，高粱把土气变甜了，杨树把土气变苦了，艾蒿把土气变香了。但黄土是宽容的大神，不在乎这些，仍从气息里透出广阔的微笑。

黄土，我想用词语使你华丽，譬如"金色的云呵"，但眼睛一看到你就犹豫了，土地不可美饰。

我可笑地认为，只有农村才有黄土。应该说城市也有，但被楼房和马路压在地下了。我喜欢在一望无垠的黄土上踏步走路，走到哪里都无妨，不拘林边或河边。黄土陷我，是拽我做客；黄土平坦，是喻我整肃。我还想在一溜白杨树带的边上，以十指为铲，噌噌向下挖掘，把带有新鲜气息的土扬出来，土和我手指的接触何等令人愉快呀。我望着自己掘出的小丘，想象田鼠原是幸福之辈，在黄土里钻洞，分洞穴为上下铺，置藏花生玉米，闲暇时瞪着乌溜溜的大眼张望世界。

近日，我家楼下重修下水道，挖至一米深，堆起许多黄土。我见故人，欲亲近却无章法。不能和黄土贴脸，也无法与黄土说"你好"。看着它们堆耸如丘，小孩子爬上爬下，默然而已。

再想起以往皇上出巡，地方"清水洒街，黄土填道"，我曾为之矫情感到可笑。细核计，黄土铺满大道，白杨夹迎，的确是最高礼遇了。谁不说清水和黄土都是最好的东西？

又有"哪里黄土不埋人"之说，所谓大丈夫死不择地，五湖四海可见。黄土不仅埋人，尚掩埋一切生长一切。人对死者的态度，古今都取掩埋一法，即他们死了，就宜于阳界消失。埋没使活者看不到他们，树个坟包纪念，这是一种尊重，如同曝尸是一种惩罚。土地埋人，是因为只有土地能够埋人。黄土埋人，讲的是此物干净，与没有灵魂的肉身极契合，只是过于深重。

白银的水罐

　　井是村庄的珠宝罐。井里不光藏着水，还藏一片锅盖大的星空和动荡的月亮。

　　井的石壁认识村庄的每一只水桶。桶撞在石头的壁上，像用肩膀撞一个童年的伙伴，叮——当，洋铁皮水桶上的坑凹是它们的年轮。

　　那些远方的人，见到炊烟像见到村庄的胡子，而叫作村庄的地方必定有一口井，更富庶的地方还有一条河，井的周围是人住的房子。在黑夜，房子像一群熊在看守井。没人偷井，假如井被偷走了，房子就会塌。

　　井为村庄积攒一汪水，在十尺之下，不算多，也不算少。十尺之下的井里总有这么多水，灌溉了爷爷和孙子。

人饮水，水进入人的血管，在身体上下流淌，水少了再从井里挑回来。村里的人有一种类似的相貌，这实为井的表情。

井用环形石头围拢水。水不多也不少，在清朝就这么多，现在还这么多。村里人喝走了成千上万吨的水，水不增不减，不垢不净。多少人喝够了井水翘胡子走了，降生面貌陌生的孩子来喝井里的水。井安然，不喜不忧，在日光下只露出半个脸——井只露半个脸，另半个被井帮挡着——轻摇缓动。井里没有船，井水怎么会不断摇动？这说明井水是活的，在井里辗转。在月光下睡不着觉，井水有空就动一动。

村民每家都有财宝罐，都不大，放在隐秘的地方——箱子、墙夹层，甚至猪圈里。而全村的财宝罐只有这口井，它是白银的水罐，是传说中越吃越有的神话。水井安了全村的心。

水井看不到朝暾浮于东山梁，早霞烧烂了山顶的灌木却烧不进井里。太阳和井水相遇是在正午时光，它和水相视，互道珍重。入夜，井用水筛子把星斗筛一遍，每天都筛一遍，前半夜筛大星，后半夜筛小星，天亮前筛那些模模糊糊的碎星。井水在锅盖大的地方看全了星座，人马座、白羊座，都没超过一口井的尺寸。

井暗喜，月亮每月之圆，是为井口而圆。最圆的月亮只是想盖在井上，金黄的圆饼刚好当井盖，但月亮一直盖不准，天太高了。倘若盖不准，白瞎了这么白嫩的一个月亮。太阳圆、月亮圆、谷粒圆、高粱米圆，大凡自然之物都圆。河床的曲线、鸟飞的弧线、自然的轨迹都圆。人做事不圆，世道用困顿迫使他圆。圆的神秘还在井口，人从这一个圆里汲水，水桶也圆。人做事倾向于方，喜欢转折顿挫，以方为正。大自然无所谓正与不正，只有迂回流畅。自然没有对错、是非、好坏。道法自然如法一口井，大也不大，小也不小，不盈不竭，甘于卑下。

　　大姑娘、小媳妇是井台的风景。大姑娘挑水走，人看不见水桶，只见她腰肢。女人的细腰随小白手摆动，扁担颤颤悠悠。井边是信息集散地，冒人间烟火，有巧笑倩与美目盼，孩子们围着井奔跑。村里人没有宗教信仰，井几乎成了他们的教堂。但没人在井边忏悔，井也代表不了上帝宽恕人的罪孽。但井里有水，水洁尘去污，与小米相逢化作米汤，井水可煎药除病。井一无所有，只有水。一方水土养一方人，水说的是井与河流，土是耕地。对树和庄稼来说，井是镶在大地的钻石。鸟不知井里有什么，但见人一桶一桶舀出水来，以为奇迹。春天，井水漂浮桃花瓣。入井私奔的桃花，让幽深的水遭遇了爱情。花瓣经受了井水的凉，冰肌玉骨啊。从井里看天，天圆而蓝，云彩只有一朵。天阴也只阴一小块，下雨只下一小片。井里好，石头层层叠叠护卫这口井，井是一个城。

井是白银的水罐，井水变成人的血水。井无水，村庄就无炊烟、无喧哗、无小孩与鸡犬乱窜。庄稼也要仰仗井，井水让庄稼变成粮食。人不离乡，是舍不得这口井。家能搬，井搬不了。井太沉，十挂马车拉不走一口井，井是乡土沉静的风景。

饥饿是所有人的耻辱

我从向海返回，经通榆县城换火车。

离开车还有十个小时，我胡乱转一转。先转到火车站边一水果摊。大凡车站码头，商贩面颜多含戾气，怎么弄的搞不懂，也可能被汽笛声震的。油桃、小西红柿、南果梨、葡萄，女摊主掀开棉被（实际上是一条褥子），这些水果像画展一样鲜艳夺目，我每样买了一些，想象这些水果进我肚子之后到何处去，变成了什么。记起书里一段话："人作为高等生物对所吃食物需经消化方可吸收，譬如唾液中酶所发生的作用。而低等生物进食无消化过程。"这时——我交钱刚要走——见一小孩面对水果瞪目。

该小孩身长二尺（市尺）九寸许，小学一年级样子，手里拿一件不知其称谓、带线的旧玩具。他的手背、脸颊和脖子附着一层均匀的、化验不出来的物质材料，简称"黑泥釉"，身着大人的旧条绒上衣。而他的眼睛被水果激发光芒，经久凝注，简称"幸福"。

"孩子。"我拿几个水果给他。他缓过神，掉头就跑。

这时女摊主发话："过来。"

这个小孩或称流浪儿、农村留守儿童轻轻走过来。

"接着。"

小孩接过我给的水果。两三个装上下衣兜，手里各握一梨一桃，动作迅捷。他咬一口桃，再啃一口梨，两果并嚼，构成新滋味。他眼望蓝天，果肉在嘴里左移右挪，风光八面，还未咽，小孩唱起歌。咀嚼耽误吐字发声，我没听清歌词。他接着咬、接着唱，吃果扔核，再掏出一个紧攥在手里，继而眺望远处的蓝天。刚才忘了交代，通榆县城悉为新楼，楼房的外墙贴的面砖有牙白、赭红、姜丝黄等各种颜色，有的楼挂促人奋进的布面标语，红底白字，宋体。楼顶上，白云沉稳移动，天蓝得刚好配合吃水果。

"你心肠挺好啊。"女摊主说我。

我正回忆自己何时吃水果唱过歌儿，唱的是什么歌？我见过很多唱歌的人。一次聚会，腾格尔氏吃了几杯酒后唱蒙古民歌《乌尤黛》；邹静之氏在兴凯湖边的篝火旁唱

《今夜无人入睡》。他们唱时谁都没吃油桃和梨。我对女摊主说："都一样，咱们小时候不也馋水果，吃不起吗?"

"就是。不过这个小叫花子、小不要脸的有点缺心眼儿。"

"缺心眼儿"与"脑袋进水了""脑袋让门框挤了"等，在东北话里是傻的意思，正称乃为"智障人士"，可参与特奥会。我看小孩不傻。享受物产甘美，且望蓝天者，焉能缺心眼儿耶?女摊主心眼儿其实有点缺，用棉被或褥子捂水果。捂软了就不好卖了，但我没提示她。

小孩教我水果甘美一课，我把水果在水龙头下冲一冲，坐在台阶上吃，美虽美，自忖不及小孩嘴里美。上帝的公平于此再一次显灵，他乞讨，我未讨（讨的方式不一样），但他享受我享受不到之心旷神怡，两下扯平。而随手拿几个水果送孩崽子，小孩就启示你水果蓝天歌唱之美，为什么不呢?

有一次，我在街上见到一个走路无规律晃动之人，侧观其面，煞白有汗。问他怎么了，他唇微动。我将我耳送他唇边，听见两字："我饿。"

都什么年代了，还有人在大街上饿晃荡了。不行，我左臂一伸，指示他步入"大明包子铺"。这是鄙单位边上一小型餐饮场所。他——后得知其为安徽省颍上县人氏，到沈阳找工作不可得，连回家路费都耗尽——吃了三笼包子、两碗二米粥、一碟子盐白菜。我跟你说，人要是饿了，他没工夫感谢你，只感谢包子。吃饱了之后也不感谢，血涌到胃里，大脑昏沉沉的，困了。吃包子，他下颌骨与咬肌坚实有力，别说包子，花梨木、鸡翅木、胶皮管、开泰管、雨靴、羊羔皮前进帽都可"咔咔"嚼碎咽到肚子里消化吸收之。饿者根本顾不上跟你搭话，因为没长两张嘴。他眼睛同样炯炯看着远处。远处——两米外的墙壁上贴一张"八荣八耻"公约。吃饱了，这个六十多岁之农民，面红润，眼神柔和有光。

结账，他走了。包子铺老板与我熟，说："大哥，你让人骗了。"我惊讶，他都饿成这样了，骗我什么？我见过很多骗子，没见过装饿而且吃那么多包子的骗子。骗子者，利用别人占便宜的心理谋取对方钱财，我在他饿中占到了哪一样便宜？没有嘛。

我不止一次看到，下层人士对更下他一层的人的凶狠。甲不如乙，乙断然不送甲哪怕是一口水喝。而下层人士把自己稀少的钱财送给什么人呢？送给不缺吃不缺喝之上等人。

依上述两件事而言之，我花费十来块钱，如同给缺了螺丝的一扇门安了个螺丝，门接着门，这钱比我自己消费更有价值，更具美感，就像你朝远方扔一粒小石子，小石子在空中飞，穿越树林、草地和水塘，恰恰落进一个牛眼睛大的小洞里，多惬意。是谁受骗了？没人受骗。吃饱包子之颍上县人士面色红润后，又笑纳我所赠路费两百多元，这也不是骗我。他除了说回家之外并没承诺我别的事体，没说在月亮上送我一块地，没任命我担任民政厅厅长。假如他不拿此钱买车票，其用途也无非住店、买包子、买面条、买瓶装水，均为钱之正用而非邪用，他干什么，我不管了。

我并不想借此实施自我表扬。周知，慈善家（家！）长期地、大量地、默默地帮助别人，最显著的特征是他们不说出自己的事迹与姓名。而我作为一个经常得到别人帮助偶尔小助他人的人，想发表如下三个小感想：

一、 兜里揣二十元钱的人不要瞧不起揣十九元钱的人，在国家统计局看来，他们属于同一阶层的人，黄杏熬南瓜一色货。穷而恶比富而恶还吓人。

二、 对贫困人士不须提高全身的警惕，他们骗不了你。能给俩铜子儿就给，不给拉倒，毋庸切齿怒目。人警惕的应该是自己的贪心，是衣着考究又善于在言说中宏大叙事之人。气宇轩昂的人物才骗得了不如他们的弱者，弱者骗不了强者。弱者骗只骗几顿饭，开不成上市公司，骗

234

不来一块地或一个桥梁工程。

三、如果静下心来体察周遭并放些零钱在兜里，就可以帮得上别人一点忙。其实是钱在帮忙，人只做点协调工作。有钱并会用钱，也算高等生物特色之一。我跟车站水果摊女摊主说："咱们小时候不也这样吗？"女摊主垂首叹惋，深以为然。其实，我小时并不如此，拜父母大人之福，我在三年困难时期也不曾吃糠咽菜。具体情况，我甚至不好意思写出来。比如我从小看画报、听唱片，五六岁穿皮鞋，而小伙伴儿穿布鞋，下雪天也穿带窟窿眼的夹布鞋，使我的皮鞋显出不好看，像牛蹄子。我拒穿，竟遭父亲吹胡子瞪眼，极其不爽。但我不管在儿时、青年乃至现今，一直知道饿是怎么一回事儿，它是耻辱之中最大的耻辱，或者说，饥饿者的存在，是时代的伤疤。

一个时代不管盖了多少高楼大厦，不管有多少人买了珠宝首饰，当还有一个人饿的时候，人们应该停下自己的事务，帮他在十分钟内填饱肚子，让手里的钱产生应有的道德感。

每个人理应赞美一次大地

每个人理应赞美一次大地，那是他们最终要去的地方。

但我们好像要想一想才想起什么是大地。它不是水泥地（水泥是大地的禁锢），不是楼房（楼房并不是土地长出来的东西，而是政府与商人合造的商品）。大地也不是街道（地在街道底下）。大地是长庄稼的地吗？

长庄稼的地叫耕地，它是大地的一小部分，可以养人，古人称为田。大地并没少，耕地却越来越少，人类开始在耕地上盖楼，吃饭的问题以后再说。大地上有村庄吗？有，但这是过去。过去，村庄生长在大地上，长在河边，像大地上结的一个葫芦。现在村庄已经荒芜。如果村庄可以衰老，如今它们正在衰老。农人的门锁了好多年，院墙废圮。

村庄的主人去城里打工，村庄由于缺少人气而老态毕现。没有鸡鸣犬吠的村庄老得最快。而另一些村庄是被活生生消灭的，政府让乡民进城住楼，把他们腾出的村庄下面的土地用作工业用地和商业用地，总称"发展"。在没有露水、鲜花、青草和小猫小狗的地方总有一样东西旋转，这东西说不出名字，只好管它叫"发展"。

大地还在——其实人说出"大地还在"这话是可笑的，大地不在谁在？——但有时找不到它。想念大地时会想到遥远的地方，比如新疆和青海，似乎那里才有大地。或者在电脑的搜索引擎上录入"田园""庄稼""湿地""保护区"这些词语，收看大地的图片，在上面看到野花和绿草，总算见到了大地。假设我们在城里看不到大地——楼房和水泥地面屏蔽了大地的表面——郊外应该是离大地最近的地方。去了之后，见到了什么？

郊外还在，大地又不在了。我去过的许多城市的郊外堆满了垃圾，可叫"垃区"或"圾区"而非郊区。人太能生产垃圾了，城市镶着一条垃圾的项链，城边的垃圾山中间是失地农民住的出租房，所谓大地被压在这些垃圾下面。一些没有垃圾的城市郊区也看不到大地，人们造出一条假的河流，水泥衬底，用水泵抽水吸水。这是像假唱一样的假河，两岸栽种鲜花绿树，但这不是大地的样子，它们不自然因而不属于大自然。

我庆幸我见过大地，比如今的儿童幸运。大地有田但不全是田亩，有荒野、沙砾与河流，野草、树木、动物和昆虫是大地最早的居民。落日好像点燃了一万个柴火垛，月光洒在铺着细沙的河滩上，风里有柳树的苦味、河水的腥味、野兔粪便和狐狸的骚味。大地上野花盛开，颜色淡，好像鲜艳会惊扰大自然的庄严。大地无所谓好不好，对草木动物而言，从来没有不好。虽然大地冷冻，动物们缺少食物，但这不是大地不好的理由。大自然不追求公平华美，它的规律是自然而然，此中有和谐。大地从来没想过它会成为最大的商品，成为被排污、被盖楼房的地方。大地原来是人的墓地，如今它是它自己的墓地。

赞美大地，它包容一切又生长一切，不排斥一切好人坏人在此生活并死去，大地有办法降解一切废物并把它们变成万物更生的养料，给每一样东西赋予新意。人与动物的遗体被处理干净变成青草和土壤里的微尘。大地松软，人们虽然看不清大地的脸，但一年四季它有不同的表情。春天，草木开花分明是大地笑了。月光下，大地静谧如霜，这是大地入睡的表情。

人们爱说"走什么样的路，到哪里去"等等，其实最终都要走向大地，这是所有人无法回避的前程，但常常叫作归宿。那么，为什么不事先关注一下大地，赞美这最后的归宿之地呢？大地辽阔，冬去春来。尽管大地之上有丑陋的建筑，但大地时时都在我们脚下，这件事毫无疑问。能够让花开放的是大地，让人得到最后安宁的也是大地。大地超出人的视野，它的身影如同落日的黄金射线。

碗不翻

故事说，有一个孩子拿着大碗去买酱油。两角钱的酱油装满了碗，提子里还剩了一些。这孩子把碗翻过来，用碗底装剩下的酱油。到了家，他对妈妈说："碗里装不下，我把剩下的装碗底了。"

孩子期望得到赞扬。他聪明，善用碗的全部。而妈妈却说："孩子，你真傻。"

当年母亲讲这个故事的时候，我并不明白这孩子傻在哪里，但没问，否则我妈会说："你真傻。"

过了三十年，我才明白这个故事的含义，发现故事的主角乃是我。如今，我的生活恰如捧着一个倒扣着的碗。碗底浅浅地漾着一点东西，即我写过的一些文字。碗的那一面是空的，里面的东西已洒光了。同时我不知自己曾经泼洒了什么，但必可珍惜。

故事的第二部分。妈妈："孩子，两角钱就买这么点酱油吗?"孩子很得意，说："妈妈，这面还有呢!"他把碗翻过来，于是碗底的酱油也洒了。

无论到了什么时候，我都不会把碗翻过来，去看另一面盛着什么，而使仅有的一点东西散失，无论碗的另一面藏着什么样的诱惑。

名家散文

鲁迅：直面惨淡的人生

胡适：天下没有白费的努力

许地山：爱我于离别之后

叶圣陶：藕与莼菜

茅盾：斗争的生活使你干练

郁达夫：夜行者的哀歌

徐志摩：我有的只是爱

庐隐：我追寻完整的生命

丰子恺：我情愿做老儿童

朱自清：热闹是它们的，我什么也没有

老舍：有朋友的地方就是好地方

冰心：繁星闪烁着

废名：想象的雨不湿人

沈从文：每一只船总要有个码头

梁实秋：烟火百味过生活

林徽因：你是人间的四月天

巴金：灯光是不会灭的

戴望舒：我的心神是在更远的地方

梁遇春：吻着人生的火

张中行：临渊而不羡鱼

萧红：我的血液里没有屈服

季羡林：微苦中实有甜美在

何其芳：紧握着每一个新鲜的早晨

孙犁：人生最好萍水相逢

琦君：粽子里的乡愁

苏青：我茫然剩留在寂寞大地上

林海音：唯有寂寞才自由

汪曾祺：如云如水，水流云在

陆文夫：吃也是一种艺术

宗璞：云在青天

余光中：前尘隔海，古屋不再

王蒙：生活万岁，青春万岁

张晓风：年年岁岁岁岁年年

冯骥才：生活就是创造每一天

肖复兴：聪明是一张漂亮的糖纸

梁晓声：过小百姓的生活

赵丽宏：闪烁在旷野里的微光

王旭烽：等花落下来

叶兆言：万事翻覆如浮云

鲍尔吉·原野：为世上的美准备足够的眼泪